Berthold Haendcke, Niklaus Manuel

Nikolaus Manuel Deutsch als Künstler

Berthold Haendcke, Niklaus Manuel

Nikolaus Manuel Deutsch als Künstler

ISBN/EAN: 9783744606493

Hergestellt in Europa, USA, Kanada, Australien, Japan

Cover: Foto ©Raphael Reischuk / pixelio.de

Weitere Bücher finden Sie auf **www.hansebooks.com**

NIKOLAUS MANUEL DEUTSCH

ALS KÜNSTLER

———

Von

Dr. BERTHOLD HAENDCKE

Privatdozent der Kunstgeschichte an der Universität Bern

———

Mit vier Lichtdrucktafeln nach Zeichnungen von Nikolaus Manuel

FRAUENFELD
VERLAG VON J. HUBER
1889

*« Kunstgeschichte besteht aus zwei Worten:
Aus Kunst und Geschichte. »*

VORWORT.

Die vorliegende Abhandlung hat sich zum Zweck gesetzt, die künstlerische Entwicklung des Nikolaus Manuel Deutsch von Bern zu geben. Da in dem anerkannt vortrefflichen Werke Jakob Baechtolds über eben dieselbe Persönlichkeit als Schriftsteller die biographischen Details in erschöpfender Weise behandelt worden sind, so habe ich mich in allen diesbezüglichen Punkten an dasselbe angeschlossen.

Allen denjenigen, die mir bei meiner Arbeit hilfreich zur Hand gingen, spreche ich auch an dieser Stelle meinen Dank aus. Insbesondere habe ich der nie ermüdenden Liebenswürdigkeit des Conservators der öffentlichen Kunstsammlung in Basel, des Herrn Dr. Daniel Burckhardt, dankerfüllt Erwähnung zu tun.

Der Verfasser.

INHALT.

ERSTES KAPITEL.[1]

Unter Einfluss von Albrecht Dürer und Hans Fries.

Wie hinreichend erörtert, ist die Zeit des beginnenden XVI. Jahrhunderts diesseits der Alpen eine der bewegtesten in der ganzen neueren Geschichte. Was im Laufe der verflossenen hundert Jahre, namentlich langsam gereift war, begann sich jetzt in voller Pracht zu entfalten. Der rote Faden, der sich hindurchschlingt durch das bunte Gewirre der verschiedenartigsten Bestrebungen, ist das Ringen nach Individualität. In keinem andern Lande des Nordens sind die Faktoren hiezu so günstig gewesen, wie in der Schweiz. Die persönliche Selbständigkeit war hier eine bei weitem grössere, als z. B. in Deutschland. Der unabhängige Sinn, die Kraft der Selbstverantwortung in jeder Hinsicht war eine gesteigerte, die Kluft zwischen den einzelnen Ständen keine sehr tiefe, so dass sie übersprungen werden konnte. Zu diesen, ich möchte sagen, individuellen Vorteilen kamen generelle. Die Eidgenossenschaft war eine Grossmacht in jener Zeit und zwar jedenfalls eine sehr bedeutende, wenn nicht die bedeutendste. Wo der bis in das

---

[1] Hauptliteratur: S. Scheurer: Bernisches Mausoleum II, 1740 bis 1842; C. Grüneisen: Niklaus Manuel 1837; J. Bæchtold: Niclaus Manuel 1878.

I

zweite Jahrzehnt des XVI. Jahrhunderts für unbesiegbar gehaltene Schweizersoldat erschien, da war der Erfolg. Die Könige von Frankreich, die Kaiser von Deutschland, die Päpste, die Dogen von Venedig buhlten um die Gunst der «Tagsatzungen», der kleineren Mächte zu schweigen. Ein glanzvolles Bild, das leider zerfressen wurde durch den zerstörenden Schimmer des Goldes, das ein so unheilvolles Glitzern in die Nebel der Alpentäler warf. An diesem in Wahrheit grossartigen Treiben hatten alle Städte zwar gleichmässig teil, aber die Suprematie hatten dennoch die mächtigsten, Zürich und Bern. Die letztere Stadt besass in ihrem Rate eine Körperschaft, die über einen seltenen politischen Scharfblick verfügte, in ihrer Burgerschaft ein hervorragendes militärisches Material, — als ob die burgartige, weithinblickende Lage Berns einen Einfluss auf die Gemüter ausgeübt hätte. In Zürich dagegen flammte früher die Fackel des Geistes. Leichter, bewegbarer, dem Voranschritt schneller zugänglich war der Zürcher, zu dessen Füssen der bewegliche See flutete. Zwingli entfachte denn auch mit seinem glühenden Worte in der Aarestadt den Kampf um die geistige Freiheit. Langsam, sogar zurückweichend, wenn es der allgemeine Friede verlangte, fasste die Reformation in Bern Fuss, an deren Spitze so edle Männer wie Berthold Haller, Bartholomäus May, Nikolaus Manuel standen. Der Rat zeigte gerade in dieser so schwierig zu behandelnden Frage einen feinen politischen Takt, der es ermöglichte, dass in Bern die neue Lehre ohne ernstliche Beunruhigungen eingeführt wurde. Was das heisst, wird am schnellsten klar werden, wenn man sich einen Augenblick erinnert, wie furchtbar heftig der Kampf zwischen Zürich und den katholischen Kantonen entbrannt war. Ein Streit, der die Gefahr des Zusammensturzes des Gebäudes der Eidgenossenschaft heraufbeschwor, um dessen Zinnen doch schon manch' ein schwerer Sturm gebraust hatte. Bern, der kriegerischeste Kanton, hielt damals mit kluger Hand das Panier der Eintracht hoch. Bern, in dem ein Condottiere wie Albrecht von Stein wohnte, das einen Kriegsadel besass, wie wir ihn damals nur noch in den italienischen Städte-Republiken kennen — Bern wusste, was «Krieg» bedeutet. Eben dieser tapfere Sinn bewahrte aber andrerseits vor Schlaffheit. Ein kühnes Wort, wenn es am Platze war, eine energische Handlungsweise war hier so gerne gesehen wie anderswo. Und der Mann, der so charakteristisch Kühnheit mit Besonnenheit, Kraft mit Milde, frohes, «renaissanceartiges» Leben mit sittlichem Ernst verband, der Mann war Nikolaus Manuel, gen. Deutsch. Er ist im Jahre 1484 in Bern geboren worden, worüber uns allerdings eine Urkunde weiter nicht bewahrt ist, als die Notiz in den Registern der Obergerbern-Zunft, dass er im April 1530 im Alter von 46 Jahren verstorben ist. Er war der Sohn des Emanuel de Alamanis aus einer unehelichen Verbindung mit Margaretha Frickart, der natürlichen Tochter des Stadtschreibers Dr. Thüring Frickart.[1] Nach dem Eintritt in das öffentliche Leben übersetzte der Künstler den väterlichen Geschlechtsnamen in «Deutsch». Seine Kindheit wird er wahrscheinlich zum Teil im Hause seines Grossvaters, zum Teil in dem seines Stiefvaters, des Weibels Hans Vogt, verbracht haben. Seine Bildung verrät keinen Einfluss von seiten seines gelehrten Ahnes; denn die Vorliebe für mythologische Scenen, die Kenntnis antiker Namen kann nicht als Beweis einer besondern Gelehrsamkeit gelten, indem derartige Stoffe durch die Romane weit verbreitet waren. Dass Manuel aber nicht aus der

---

[1] Die weiteren Vermutungen über eine anderweitige Herkunft hat Bæchtold a. a. O. in erschöpfender Weise untersucht und abgefertigt.

Quelle schöpfte, erhellt noch überdies aus der Tatsache, dass er nicht die richtige Schreibweise der Namen gebrauchte. Der Junge war wahrscheinlich eine zu selbständige und praktische Natur, um sich viel mit theoretischen, trockenen Deduktionen etc. abzugeben, oder aber, er war auch durch äussere Umstände gezwungen, früh an den materiellen Erwerb zu denken. Er widmete sich der Kunst, aber gewiss nicht, wie man allgemein annimmt, der Malerei, sondern entweder der Architektur oder, was ansprechender ist, dem Kunsthandwerk, der Goldschmiede- oder Schlosserkunst.

Dass unser Künstler nicht von Hause aus Maler geworden ist, beweist unumstösslich, dass seine früheste uns erhaltene Zeichnung ein völlig schülerhaftes Gepräge trägt und doch sicher nicht vor ca 1505 entstanden ist. Das Datum steht nach rückwärts unzweifelhaft fest, da der Handriss eine Kopie nach dem grossen Glück von Dürer ist. Dass aber damals ein junger Mann von circa 21 Jahren erst beginnt, sich für ein Fach auszubilden, ist schlechterdings undenkbar. War er also vielleicht ursprünglich Baumeister? Dafür spricht, dass er im Jahre 1517 das Chorgewölbe des Münsters einbaute, dass er auch späterhin noch baute. Dann hätte er nach der Sitte schon als Knabe seine Lehrzeit etwa in der Bauhütte des Münsters seiner Vaterstadt begonnen und wäre späterhin als Geselle auf die Wanderschaft gegangen. Vielleicht nach Freiburg i/Br., woselbst gerade damals sehr lebhaft am Chor gebaut wurde. Dies würde vortrefflich die Tatsache erklären, dass seine Malereien einen starken Einfluss des in diesen Landen lebenden Künstlers verraten. Zur Unterstützung dieser Annahme könnte man auch noch hinzufügen, dass es immerhin in jenen Tagen ungewöhnlich war diesseits der Berge, einem Laien eine Arbeit wie die Einwölbung des Chores zu übertragen. Gegen diese Ansicht muss aber geltend gemacht werden, dass sowohl die perspektivische Zeichnung seiner Architekturen in den Malereien u. s. w., wie auch die der Details nicht korrekt ist. Gerade diese Einzelheiten sind so dilettantisch, dass sie als die Hauptbasis für die Behauptung gelten müssten, Manuel sei von Beruf Goldschmied oder Schlosser gewesen. Daraus dass Manuel in den öffentlichen Urkunden später immer der «Maler» genannt wird, kann kein direkter Gegenbeweis geführt werden; denn Manuel konnte sehr wohl die ihm erst später lieb gewordene Malerei zu seinem Haupternährungszweig gemacht haben.

Zu welcher Idee man sich nun auch hinneigen möge, das eine steht fest, dass unser Künstler kein Maler von Profession war. Aus dem Mangel eines wirklich schulgerechten Lernens ist es auch zwangloser zu erklären, dass Manuel sich so leicht in technischer Hinsicht fremden Einwirkungen zugänglich erwies.

Trotz der mangelnden Urkunden sind wir im stande, die ersten Anfänge des Künstlers Manuel zu belauschen, die wir circa 1505 zu setzen haben.

Wir haben nämlich aus dem Jahre 1513 die Notiz erhalten, Manuel habe den öffentlichen Auftrag bekommen, die heiligen drei Könige auf einem Banner zu malen. Dies setzt einen gewissen Ruf und eine bestimmte Geschicklichkeit voraus. Diese wird uns bewiesen durch eine Zeichnung vom Jahre 1511, die aber eine weit vorgeschrittenere ist, als die einer Anzahl Blätter in der Sammlung zu Basel. Also müssen diese von circa 1505—1511 entstanden sein. An der Hand derselben können wir stilistisch die künstlerische Entwicklung Schritt für Schritt bis zur ersten datirten Arbeit verfolgen.

Seine frühesten Zeichnungen zeigen den ganz unverkennbaren Einfluss Albrecht Dürers. Am klarsten ist derselbe

6

in der «Fortuna» ausgedrückt, die eine Kopie nach Dürers grossem Glück ist.[1] Keineswegs ist aber diese Nachzeichnung im gewöhnlichen Sinne eine Kopie. Manuel hat nur die Hauptperson herausgegriffen und diese allerdings fast ängstlich minutiös abgezeichnet. Er hat die hässlichen, derben Formen des Körpers beibehalten, so dass jeder Gedanke an ein selbständiges Aktstudium ausgeschlossen ist. Die Führung der Feder auf orangegelbem Papier ist eine zaghaft-sorgfältige, aber im Linienfluss inkorrekte. Die Strichlage endlich ist eine Imitirung der Strichmanier mit kurzen engen Kreuzschraffirungen. Besonders prägnant zeigen dies Anlehnen die Schattirungen auf dem Unterleib. Er hat teils durch den scharfen Kontur sich sichtlich bemüht, das metallische Aufliegen der Linien nachzuahmen, wie dies bei guten Kupferdrucken stattfindet, teils durch die Höhung mit weisser Farbe diesen Effekt erstrebt. Die Aufhöhung ist aber ohne jede Kenntnis von Lichtwirkungen vorgenommen und jedenfalls nur von einem unbestimmten malerischen Empfinden diktirt worden. Anders stellt sich das geistige Verhältnis beider Werke zu einander. So untergeordnet Manuel als Techniker ist, so sicher und selbstbewusst ist seine geistige Persönlichkeit. Den gedankenschweren philosophischen Inhalt der Dürerschen «Nemesis» hat er verallgemeinert, leichter gemacht. Manuel gibt der «Fortuna» den Lasso in die Hand, nimmt ihr den Pokal «für das unbeachtete Verdienst» und lässt einen kleinen Amor, auf dessen Pfeil er eine Narrenkappe steckt, auf die Schultern der Frau klettern. Damit ist der ganze innere Gehalt ein total anderer geworden. Die Fangleinen kann man nicht mehr, wie die Zügel Dürers, als

---

[1] Basel (dieser Ort ist stets anzunehmen, sofern nicht ausdrücklich ein anderer genannt wird). Bd. U10².

Symbol der Warnung oder Strafe des Übermutes erklären, sondern ganz einfach als Instrumente zum Einfangen. Was aber eingefangen werden soll, das erzählt uns der kleine Amor, dessen Verderben bringender Pfeil als Spitze eine «Narrenkappe» trägt. Der scharfe, humoristische Manuel ist es schon, der seinem Empfinden hier mit dem Zeichenstifte Luft machte, aber nicht als stammelnder Schüler, sondern in fliessender männlicher Rede.

Im engsten Zusammenhang mit der «Fortuna» steht ein zweites Blatt, das wohl die Vergänglichkeit des Irdischen, den Kreislauf des Seins versinnbildlichen soll. Ein nacktes Weib[1] fliegt auf einem zweilehnigen Sessel durch die Luft. In der linken Hand hält sie einen Totenkopf, der mit einer Feder geschmückt und einem kleinen das Monogramm tragenden Täfelchen behangen ist. In der Rechten hält die Frau eine Sanduhr, auf der ein Kompass liegt. Auf dem linken Bein steht ein breites, gebuckeltes Gefäss, das eine brennende Flüssigkeit enthält. Sollte dies eine Hindeutung auf den den Körper durchglühenden Geist sein, der sich schliesslich wieder in das Universum verflüchtigt? Unterhalb der durch die Lüfte dahinfahrenden Gestalt sehen wir tief drunten eine reiche Seelandschaft. In einem See, der rechts in einen Fluss ausmändet, liegt links eine Insel, auf der ein burgartiges Gebäude sich befindet. Gegenüber und rückwärts der Insel steigt das reich bebaute Terrain allmälig an, um schliesslich durch hohe Berge abgeschlossen zu werden.

Die technische Behandlung ist dieselbe wie auf dem vorigen Blatte. Ebenso sind Mängel in der Zeichnung hervorzuheben; dennoch müssen wir trotzdem einen Fortschritt konstatiren. Dieser besteht darin, dass Manuel nicht

---

[1] Bd. U₁₀⁶.

einfach zu kopiren hatte, sondern auch äusserlich die
Gestalt neu erfinden musste. Die Proportionen sind jedoch
dieselben geblieben. Der Gedanke ist aber völlig Eigentum
des Künstlers und zeugt von tiefem, grübelndem Denken,
wenn dieses auch durch irgend ein literarisches Produkt angeregt worden sein sollte. Die Landschaft ist in ihrer
Komposition, wie es scheint, selbständig, in dem Ensemble
aber von Dürer abhängig. Noch enger schmiegt sich der
junge Berner an sein Vorbild in einer Zeichnung an, die
nur eine Landschaft zum Vorwurf hat. [1]

Zwischen zwei Seen offenbar, dehnt sich weites, frucht-
bares Land aus, aus dem in der Mitte ein mächtiger Felsklotz schräg ansteigt, der an der Rückseite schroff abfällt;
denn dicht hinter ihm beginnt das fast ebene Terrain.
Eine Brücke führt ganz vorne von dem (nicht sichtbaren)
diesseitigen Ufer über den Arm des einen Sees, der sich
nach rechts ausbreitet. Durch ein befestigtes Tor treten
wir in den Bezirk eines Klosters, dessen Gebäude auf dem
zweiten, höher gelegenen Plane liegen. Noch weiter hinan
bis zur scharfen Kante des Felsklotzes erblicken wir Felder
und Bäume. Von hier sieht man eine kleine Ecke des
Sees zur Linken, fruchtbare Gelände, zu den Seiten und
rechts im Hintergrunde, die sich an Berge anlehnen und
am Fuss von den Fluten des Sees bespült werden, in
dessen Mitte eine bewohnte Insel liegt. — Der Künstler
hat sich offenbar bemüht, eine wohlhabende, glückliche
Gegend, wie er sie in seinem schönen Heimatland vielleicht irgendwo einmal ähnlich gesehen hatte, auf dem
Papier, allerdings mit völliger Unkenntnis der Perspektive,
zu fixiren. Die Komposition ist jedenfalls selbständig er-
dacht, der äussere Duktus ist aber Dürerisch. R. Vischer[2]

---

[1] U₁₀¹⁹.

[2] R. Vischer: Studien zur Kunstgeschichte, 1886, p. 243 f.

sagt von Dürers eigenen Landschaften: «Von dem eigensinnigen Vergnügen des jungen Wanderburschen an spröden Bruchwänden im Gebirg haben wir uns bereits überzeugt. Ein ganz anderer Zug tritt nun aber hervor in seltsam gezogenen Abhängen, Wiesen, Mulden, welche mit mehrfachen Reihen von geschweiften Parallelstrichen gezeichnet sind. Dabei macht sich die Genesis der Darstellung so heftig fühlbar, dass der Schein der Bodenbewegung entsteht.» Weiter unten heisst es dann: «Das eigentümlich Malerische in seinem Styl, die frei rieselnde, feinfühlig undulirende Linienführung — scheint sich hauptsächlich mit seinen landschaftlichen Studien entwickelt zu haben.» Gilt die technische Zergliederung Vischers für Manuel nur als Charakteristik seiner kopirenden Tätigkeit, so sind die letzten Worte auch in einem andern Sinne zu nehmen. Wir werden noch des weitern sehen, dass diese Vorliebe unseres Deutsch für die Landschaft einem tief veranlagten malerischen Zuge seines Wesens entspricht.

Ein weiteres Feld des Gedankenkreises unsers jungen Künstlers lernen wir in einem kleinen, ovalen Bildchen kennen,[1] das, mit Feder auf orangefarbenem Grunde, die Büste der Herodias mit dem Kopf des Johannis des Täufers zeigt; eine Legende, die er stets mit Vorliebe behandelt hat. Die Umrisslinien sind sicherer, fester wie bisher; womit starke Verzeichnungen, wie z. B. die der linken Hand, nicht geleugnet sein sollen. Dass an dem kleinen Fortschritt nicht das grössere Format, das ihn leichter arbeiten liess, schuld ist, sondern dass wir es in der Tat mit einem späteren Werkchen als die «Fortuna» zu tun haben, dafür sprechen einzelne Anklänge an dieselbe. Zum ersten Male können wir auch des genaueren die Gesichtsteile bestimmen. In der zuerst besprochenen Handzeichnung waren

---

[1] U10³.

auch diese einfach aus dem Dürerschen Stich herübergenommen. Jetzt aber sind Veränderungen angebracht, die auf eine Art Naturstudium schliessen lassen und die zum Teil beibehalten werden. Das Oval ist breit, mit spitzem, etwas vorgeschobenem Kinn, die Augen sind schmal, mit geradem Unterlid, die Brauen halbbogenförmig, die Nase ist länglich, gerade, der Mund klein, mit dünner Ober- und voller Unterlippe. Aus eben dieser Zeit dürften noch zwei Federzeichnungen stammen. Zunächst ein kühn en face dastehender Landsknecht,[1] mit Profilwendung nach links. Die Rechte greift an das Schwert, während die Linke kraftvoll die im Winde flatternde Fahne hält. Die technische Durchbildung ist frischer wie jemals zuvor, wenngleich sie noch immer in den bestimmten Bahnen geht. Die Verkürzungen, die für das Können des jungen Künstlers kühn genannt werden dürfen, sind mit anerkennenswerter Vollendung beendet worden. Die Erfassung des charaktervollen Antlitzes ist auch schon recht gelungen. Der später so bewunderungswürdige scharfe Blick lässt hier seine ersten Spuren erkennen. Ganz besonderes Interesse bietet uns dieser Entwurf noch durch seine Gewänder. Die Angabe des Stoffes ist allerdings noch eine sehr wenig genügende, gibt aber deutlich von dem Mühen Kunde, der Materie Herr zu werden. Die Falten des über den Rücken herabwallenden, im Winde flatternden Mantels sind gewiss recht steif, blechern, aber im Wurf nicht schlecht angeordnet. Trotz aller Mängel darf dies kleine Blättchen dennoch unsere besondere Aufmerksamkeit beanspruchen; um so mehr, da wir zuerst eine fröhlich aus der Natur genommene Figur

---

[1] U$_{10}$⁹. In eben diese Zeit ist (Bd. U$_{10}$²¹) ein St. Christophorus zu setzen; wohl ein wenig später (U$_9$²⁷) ein kosendes Liebespaar.

vor uns haben und das Gebiet flüchtig kennen lernen, auf dem der zum Meister herangereifte Künstler dereinst eines seiner schönsten Lorbeerblätter pflücken sollte. Die letzte Arbeit, die wir dieser Zeit zuzuweisen hätten, ist die auf weissem Papier einfach mit der Feder ohne jede Höhung in Holzschnittmanier gezeichnete Versammlung von fünf Männern.[1] Durch die langen Mäntel, die Krummsäbel und Bärte sind die Persönlichkeiten als «Türken» oder «Heiden» charakterisirt. Ob diese Komposition der Dürerschen Eisenradirung der Türken mit der grossen Kanone die erste Anregung verdankt, dürfte nicht bestimmt behauptet werden können. Auch die Frage, ob Manuel diesen Handriss wirklich zum Zweck einer Vervielfältigung durch den Holzschnitt entworfen hat oder durch einen solchen zu der bestimmten Handhabung der Feder veranlasst worden ist, wird kaum noch zu entscheiden sein, wenngleich die letztere Annahme mehr für sich zu haben scheint. Die Technik hat beim ersten Hinsehen eine äussere Vollkommenheit, die überrascht. Diese wird einerseits durch die Grösse und durch die zu Grunde liegende Absicht, in flotter Holzschnittmanier zu zeichnen, erklärt, andererseits hält die Prüfung auch nicht die Probe. Die Umrisse sind denn doch noch sehr unsicher, die Verzeichnungen so stark, ·die Unbehilflichkeit im Gesichtsausdruck so prägnant, dass wir die uns jetzt beschäftigende Periode als Entstehungszeit betrachten dürfen.

Weitere Arbeiten besitzen wir, meines Erachtens, aus den Jahren vor 1509 nicht, in welchem Jahre wir Manuel zuerst als «Menschen», als Bürger begegnen. Er geht am Donnerstag nach Martini anno IX⁰ gemäss dem Ehepakte eine Verbindung mit Katharina Frisching, der Tochter Hans

---

[1] $U_{10}{}^{18}$.

Frischings des ältern und der Anna Fränkli ein. Der Bräutigam erhielt nach Angabe des Ehebriefes[1] von seinem
Stiefvater 200 Pfund Ehesteuer und von seinem Grossvater
200 Gl. auf die Zeit seines Absterbens. Die Braut brachte
200 Pfund mit in die Ehe. Wie nahe der Künstler der
Familie Alleman stand, wird hier aufs neue dargetan,
indem «Hans Apotheker (Alleman)» als einer der ersten
Zeugen figurirte. Erst 1518 wurden dem Paar Kinder geboren, deren fünf urkundlich nachgewiesen werden können.
Im Jahre 1512 wurde Manuel in den grossen Rat gewählt,
dem er bis 1528 angehörte. In eben demselben Jahre wird
«Niclaus Manuel»[2] als zur Stubenhörigkeit in dem Verzeichnis der Genossen zu Obergerbern aufgeführt.

Mit den oben detaillirten Zeichnungen sind wir etwa
bis zum Jahre 1511 gekommen, aus dem wir eine Tuschzeichnung besitzen. Diese befindet sich beim Oberförster
Manuel[3] in Burgdorf. Rahn, der dies kleine Blatt wieder
auffand, beschreibt es folgendermassen: «Auf einem nach-
gedunkelten Blatte von m 0,242 Höhe und 0,204 Breite
ist die Zeichnung mit derben, schwarzen Federzügen ausgeführt und mit kräftiger Tusche schattirt. (Die Lavirung ist
aber noch nicht recht vertrieben, sondern hat etwas Strich-
und Klecksartiges; die Schraffirung ist eine enge, rhombus-
ähnliche Figuren bildende. Anm. d. Verf.) Zwei schlanke

---

[1] Abgedruckt bei Bæchtold a. a. O. p. XXV.
[2] Berner Taschenbuch 1878, p. 105.
[3] Zuerst von Rahn im Repertorium f. K., Bd. III, p. 7 ff. publi-
zirt, woselbst in Anm. 17 die Geschichte der Zeichnung wie folgt
gegeben wird: «Dass hier die von Füssli (Gesch. der besten Künstler
in der Schweiz, Bd. I, S. 8) und Grüneisen, p. 184, erwähnte Zeichnung vorliegt, bestätigt ausser der Schriftrolle ein auf der Rückseite
angebrachter Zettel: Gegenwärtige Original-Handzeichnung von
Niclaus Manuel, ein kniendes Frauenzimmer darstellend, das die
heilige Anna um ihre Fürbitte bei Gott anruft, mit der Jahreszahl

Stämme, aus denen Astwerk mit Blattknollen zum krönenden Stichbogen verwächst, bilden die Umrahmung. Im Scheitel des Bogens steht auf einem Zettelchen mit arabischen Ziffern das Datum 1511 (früher war, wie ich auf dem Original sah, die Ziffer weiter nach links mit Kreide angegeben. Anm. d. Verf.). Ohne Zweifel war dieser Entwurf für einen Glasmaler bestimmt. Er zeigt den bekannten Typus der spätgothischen Cabinetscheibe. Links kniet die Stifterin mit dem Rosenkranz in den gefalteten Händen; der volle jugendliche Kopf im Halbprofil ist leicht emporgerichtet. Eine Haube umschliesst die Schläfe. Ueber dem Schulterkragen hängt eine Kette. Der Rock ist ohne Taille, oben knapp, unten weit und ziemlich ungeschickt über das rechte Bein drapirt. Buchstaben r und b bezeichnen die Farben des Rosenkranzes und des Kragens; neben dem Rocke steht «bla samet»; den weichen Glanz des Stoffes gibt die Tuschirung an. Eine Bandrolle zu Häupten der Dame enthält in Kursivschrift die Worte: «Heilige müter Sant anna bit Got fir mich.» Vor der Betenden steht ein gestürzter Schild mit unbekanntem Wappen, das ein Ungetüm, halb Greif, halb Drache, vorstellt. Rechts, viel grösser als die Donatorin, steht die Matrone St. Anna. Das charaktervolle Haupt, das sinnend auf die Betende herunterblickt, umhüllt

---

1511 besass Joh. Casp. Fuesslin; er erwähnt derselben in seiner Geschichte und Abbildung der besten Maler in der Schweiz, Zürich, 8°. 1755, im ersten Theile im Leben Niclaus Manuels, S. 5. Fuesslin überliess solche nachwärts an Herrn Netsch, Seckelmeister Sigmund Augspurger, der sie sodann dem Herrn Venner Manuel zum Geschenk machte. Nach dem Tode des Herrn Rudolph Sinners von Worb, Herrn Venners Tochter Sohn, verehrte dessen Frau Wittwe geb. Mutach und ihr Tochtermann Herr Major Rudolph Wurstemberger diese Zeichnung dem gew. Obercommissario Rudolf Bab. Manuel, der nun solche zu Handen der Familie zum Aufbewahren bey den übrigen Akten und Schriften derselben übergiebt April 1821.»

ein faltiger Schleier. Ueber dem knapp anliegenden Gewande drapirt sich in kunstreichem Wurfe ein weiter Mantel,
zu Füssen in kleinbrüchigen Falten sich bäumend. Auf ihrer
Rechten trägt die Heilige das nackte Christusknäblein. Es
hält einen Reichsapfel, indes die Linke auf dem Schosse
ruht, und schaut zurückgewendet auf die Dame herab. Auf
der Linken der Mutter sitzt die Madonna, ein Mägdlein mit
langen Lockenhaaren und mit zeitgenössischem Gewande bekleidet. Sie liest in einem Buche, das sie mit beiden Händen
vor sich hält.» Wenn Rahn zum Beweise der Autorschaft
des Künstlers, die durch kein Monogramm bewiesen wird,
sagt, dass «die ganze Behandlungsweise sehr wohl mit anderen Entwürfen Manuels übereinstimmt», so kann ich ihm
hierin nur beistimmen. Als direkten Beweis dürfen wir aber
gerade jenen Kopf der St. Anna betrachten. Diese Züge
treffen wir nämlich auf einer ganzen Reihe von Zeichnungen
wie Gemälden wieder an. Wir dürften in dieser Matrone
die Mutter des Künstlers zu begrüssen haben.

Einen sehr bedeutenden Schritt nach vorwärts hat er in
den zwei Jahren von 1511 bis 1513 getan. Wir haben aus
dieser Zeit ein mit Monogramm und Jahreszahl 1513 ver-
sehenes Blatt,[1] das drei bewaffnete Landsknechte oder drei
Nachtwächter zum Gegenstand hat. Der mittelste dreht uns
seinen breiten Rücken zu, sein Genosse zur Linken legt die
rechte Hand auf seine Schulter, während ihnen halb gegenüber zur Rechten der Dritte steht. Die Verschlingung der
drei lebhaft plaudernden Männer zu einem einheitlichen und
zwanglosen Bilde ist dem jungen Künstler überraschend ge-
glückt. — Obwohl die Verkürzungen nicht tadellos sind, so
ist dennoch die ganze technische Vollendung der Komposition gleichwertig. Sie ist sehr sorgsam, aber ohne Ängst-

---

[1] Handzeichnungen-Saal 44.

lichkeit, sowohl im Linienfluss wie in der weissen Höhung, die sich sehr fein vom grauen Hintergrund abhebt. Neben der Signatur steht noch die Inschrift: «wo nun hynus, der krieg hat ein loch.» [1]

Haben wir Nikolaus Manuel bislang nur als Zeichner betrachten können, so ist uns aus den Jahren circa 1513—1515 auch ein Gemälde erhalten. Dass unser Künstler in diesen Zeiten schon als Maler tätig war und vielleicht auch schon eine Werkstätte besass, geht aus einer Notiz in den Staatsrechnungen hervor.[2] Unter der Rubrik 1513 findet sich folgende Stelle: «Demm Manuel dem maler umb ein paner Stangen zu malen 10 Sch. — Demm Manuel dem maler von den heiligen dry küngen und die paner, auch von läufferbüchsen zu malen, desgleichen von schilten an die lagel 5 Pfd. 10 Sch. 6 D.» Der künstlerische Wert wird nach der gleichzeitigen Zeichnung zu bemessen sein. Betrachten wir den Charakter dieser, sowie die jüngst datirten Gemälde von 1517, so werden wir gezwungen sein, das oben erwähnte Bild des St. Lucas[3] in Bern in die angegebenen Jahre zu setzen. Das Ölbild ist doppelseitig. Auf der Vorderseite hat sich St. Lucas im Profil nach links auf einem smaragdgrünen Kissen niedergelassen. Vor ihm, ein wenig schräge nach rechts gerückt, steht die Staffelei mit dem angefangenen Madonnenbild. Auf einem niedrigen Bänkchen liegen ausgebreitet seine Pinsel. Er selbst ist bekleidet mit

---

[1] Abgebildet in Vischer-Merians Monographie der Familie Seevogel.

[2] Trächsel erwähnt in seinen Studien zur Eröffnung des bernischen Kunstmuseums p. 51 einer Notiz, wonach ihm 1507 eine Summe für das Gemälde von Granson bezahlt worden sei. Es ist dies ein Ausspruch, den des Verfassers eigene Worte in demselben Heft p. 28 und im bern. Taschenbuch 1878, p. 178 f., widerlegen.

[3] Kunstmuseum.

schwarzem Untergewand, über das ein weiter roter Mantel bis auf die bunten Fliesen des Bodens herabfällt. Eine schwarze Mütze bedeckt das blonde, gelockte Haupt.

Eifrig war er mit dem Malen beschäftigt. Noch hält die Linke die Palette und den Malstock, und die Rechte führte den Pinsel, als er die Vision erhielt, die aber nur durch einige Strahlen in der oberen linken Ecke angedeutet ist. Entzückt schaut der Heilige unbeweglich nach oben. Rechts hinter ihm, im Grunde des Zimmers, reibt teilnamlos sein Geselle die Farben auf einem Tisch. Durch das viereckige, ziemlich in der Mitte der Wand angebrachte Fenster sehen wir auf eine heitere Seelandschaft. Links am Ufer liegt ein pittoresk verfallenes Bauernhaus, das durch Gebüsch eingefriedet ist. Zur Rechten fliesst der See. In der Mitte liegt eine Insel. Und am jenseitigen Ufer ragen hellblaue Berge in die goldene Luft. Eingerahmt wird das ganze Bild von Renaissance-Säulen, von denen aber nur die Kapitelle sichtbar sind. Die Formen sind gotisch gedacht und entwickelt; nur die Blätter und Ornamente sind renaissanceartig gebildet. Auf dem Kapitell zur Rechten steht ein kleiner, steinfarben gemalter Engel, der, sich niederbeugend ein Täfelchen hält. Auf der linken Seite, ihm gegenüber, sitzen und stehen drei realistisch bemalte Knäbchen mit schillernden Flügeln und musiciren. Im gedrückten Rundbogen werden die Pfeiler durch eine Blattguirlande verbunden, von der eine zweite kürzere herabhängt, die durch eine Rose in der Mitte und an den Enden durch bunte Quasten verziert ist.

Die Rückseite führt uns in die Wochenstube der St. Anna. Rechts liegt die sichtlich erschöpfte Wöchnerin in einem Bette unter einem grossen Betthimmel, der auf allen vier Seiten mit einem grünen, gegen das Gemach hin jetzt zurückgeschlagenen Vorhang geschlossen wurde. Ein junges

Mädchen steht auf der gegenüber liegenden Seite am Bette und beobachtet mit liebender Sorgfalt die Mutter. Im Vordergrund geht eine jüngere, kräftige Frau in rotem Rock auf die links am Boden sitzende Amme zu, um ihr das Kind zum Bade zu bringen. Im Hintergrunde sitzt zur Linken an einem mit einzelnen Geräten besetzten Tisch die alte Wehmutter, der die müden Augen zugefallen sind. Durch ein kleines Rundfenster hinter derselben sehen wir auf den Markt der Stadt hinaus, auf dem zwei Männer spazieren gehen. In der Höhe des Zimmers schwebt ein Engel, der ein Rauchfass schwingt. Ihn umgeben Wolken, die aus tiefem Blau heraus um den Gottesboten herum in den Farben des Regenbogens spielen. Eine grosse Menge kleiner Engel gucken aus dem dunklen Gewölk heraus.

Die technische Durcharbeitung ist ausserordentlich zierlich und sorgsam. Es ist deutlich ersichtlich, dass wir es mit einer Jugendarbeit zu tun haben, in der sich aber unstreitig ein gutes Talent ausspricht. Die Malerei ist stark vertrieben, so dass bei ziemlich dünnem, aber festem Farbenauftrag eine schmelzartige Oberfläche sich bildete. Es ist dies besonders im Antlitz des St. Lucas zu bemerken. Wenn Vögelin[1] dies als gänzlich übermalt bezeichnet, so muss ich das genaue Gegenteil konstatiren. Das Karnat ist beim St. Lucas ein warmbraunes mit dunkelbraunen Schatten, in die sich ein violetter Ton einmischt. Das Wangen- und Lippenrot ist eher braunrot als rosa. Der Kopf des malenden Heiligen zeigt das wohl ein wenig idealisirte Porträt Manuels. Die Nase ist scharf geformt, mit einer leichten Erhöhung in der Mitte. Der kleine Mund mit der emporgeschnittenen Oberlippe, der kurzen vollen

---

[1] In dem von ihm bearbeiteten kunsthistorischen Teile des Bæchtoldschen Werkes.

Unterlippe zeugt, verbunden mit dem ein wenig vorgeschobenen und energisch gebildeten Kinn, von Kraft und Lebenslust. Das Auge ist gewölbt und richtig in der Profilstellung gezeichnet. Die Augenbraue geht in einem kurzen Bogen aufwärts, um dann schroff abzufallen. Das Haar ist in kurze blonde Locken gerollt. Die Hände sind voll mit kurzen Fingern; der Daumen besonders ist breit und abstehend. Die Färbung der Hände und Arme ist grauweisslich, mit zarten, grau-violetten Schatten. Die Gesichtsbildung der Frauen ist länglich oval, die Augen sind ein wenig schmal und die Pupillen nicht immer richtig gestellt. Die Nase ist spitzig, die Lippen dünn und etwas zusammengezogen, wodurch der Künstler ein freundliches Lächeln ausdrücken wollte. Das magere und hervorstehende Kinn harmonirt mit den übrigen Details. Die Karnation ist grauweiss mit dunkleren grauen Schatten. Die Finger sind auf der Rückseite etwas schlanker; der Daumen steht jedoch auch hier ab, wie im Krampf. Die organische Verbindung der einzelnen Teile der Hand ist überhaupt recht mangelhaft, namentlich die Hand des Engels ist arg missglückt. Die Gesichtsfarbe der alten Wehmutter ist warmbraun; die Fleischfarbe der Engel und Putti mit einem gelblich-braunen Ton angegeben. Die Haare sitzen bei diesen wie eine Perücke auf. Die Gewänder fallen in viele weiche Falten, die, besonders hervortretend bei der auf dem Boden sitzenden Amme, kleine rundliche Vertiefungen bilden, als ob man mit der Hand den Stoff eingedrückt hätte. Sonst liebt Manuel auch gerne, dünne fein gefaltete Stoffe wegflattern zu lassen, z. B. das Kleid der das Kind tragenden Frau. Die Zusammenwirkung der nicht genügend klaren Farben ist reich, aber nicht bunt. Unter diesen fallen besonders auf: das Dunkelziegelrot im Mantel des St. Lucas, das Smaragdgrün im Kissen und ein schmutziges Kirschrot in den Gewändern.

Die Komposition ist zum Teil entlehnt, aber selbständig und nicht ungeschickt verwertet. Das vordere Bild mit dem Heiligen der Malerinnungen scheint gänzlich des Künstlers geistiges Eigentum zu sein. Die Rückseite dagegen hat ihr Vorbild in dem betreffenden Holzschnitt in Dürers Marienleben zu suchen. Manuel hat jedoch fast einzig den Engel und das Bett beibehalten, das übrige ist seine Hinzufügung. Trotz der hie und da hervortretenden Schwächen und Mängel des Bildes ist der allgemeine Eindruck ein befriedigender, da man sich einer Künstlerindividualität gegenüber fühlt, die etwas zu sagen hatte, die ihrer Schöpfung Leben einatmen wollte und bis zu einem gewissen Grade auch konnte. Allerdings gelingt dies Manuel sehr viel besser in passiven Gestalten. Das tief erregte, aber wieder in sich beruhigte Entzücken des St. Lucas leuchtet aus dem zuerst so starren Kopf ebenso überzeugend, wie aus den Zügen der St. Anna die Erschöpfung spricht, aus den reizenden, wunderhübsch bewegten Putten die jubelnde kindliche Freude wiederstrahlt. Sobald der Künstler aber in strengerem Sinne Affekte zu verkörpern hatte, musste er die Segel streichen. Wir erraten leicht, was er wollte, aber wir erraten es auch nur. Die Hand konnte noch nicht so, wie der Wille es wünschte. Die Landschaft erinnert, wie in den Zeichnungen, stark an die «Seelandschaft» Dürers; nur ist sie hier schon freier. Es regt sich ein noch verborgenes Treiben, wie dies sich namentlich in den Bäumen, in den fliegenden und hängenden Zweigen ausprägt. Die Berge sind in einem kalten Hellblau angegeben, das im Licht weiss wird. Die Perspektive ist eine mangelhafte.

Bislang haben wir in den Zeichnungen, wie auch in der Komposition dieser Bilder Albrecht Dürer als Lehrmeister unseres Manuel erwähnen müssen. Aber wer lehrte

unserem Künstler das Malen? Auch der grosse Nürnberger?
Ein Blick wird genügen, um jeden derartigen Gedanken zu
verscheuchen. Man hat von einem nach Augsburg weisen-
den malerischen Charakter gesprochen — wenn man unbe-
stimmter von einem schwäbischen spricht, so ist das leitende
Gefühl vielleicht richtiger ausgedrückt. Als Unterweiser in
dem Handwerk des Malens möchte ich nämlich Hans Fries
annehmen. Hans Fries scheint mir in seinen frühesten
Bildern von 1501 noch einem sehr allgemein «schwäbischen» Einfluss zu unterliegen. Seit dem Jahre 1518
lebte der berühmte Meister von Freiburg i. U. allerdings
erst in Bern; aber sein Ruf war ein weithin verbreiteter,
wie dies unter anderm seine Berufung zur Prüfung der
Tränen der Madonna im Jetzer-Handel beweist. Es ist
also doch mehr wie wahrscheinlich, dass Manuel sich hier
technischen Rat suchte. Befremdend wirkt auf den ersten
Moment, dass unser Künstler hier nur malen lernte und
nicht auch zeichnen. Wir müssen aber uns noch einmal
erinnern, dass Manuel von einem andern Handwerk zur
Kunst übertrat. Durch die berühmten Stiche Dürers angeregt, begann er sich der Malerei zu widmen. Ist es aber
nun auch möglich, sich für die Zeichnung durch fremde
Vorlagen bis zu einem bestimmten Punkte, den Manuel
auch niemals überschritten hat, fortzubilden, so ist in der
Handhabung des Pinsels eine direkte Unterweisung absolut
notwendig, will man auch einen nur bescheidenen Grad
der Vollkommenheit erlangen. Die Anknüpfung beider
Künstler war eine um so leichtere, als beide — Fries allerdings erst in seiner späteren Zeit — *in der Zeichnung und
in der Komposition demselben Sterne nachgingen:* Albrecht
Dürer. Hans Fries hat in seinem Marienleben von 1512
in Basel und Nürnberg ganz unzweifelhaft dem grossen
Nürnberger nachgestrebt. Aber nur in der Zeichenmanier,

nicht in der Malerei. Erst die Tafeln zur Johannislegende in Basel von 1514 lassen erkennen, dass er Dürersche Gemälde gesehen hatte. Zwischen dem Antoniusbilde von 1506 in Freiburg i. U. und der Marienlegende von 1512 haben wir kein Ölbild von Fries — wann also die erste Beeinflussung Dürers eingetreten ist, wissen wir nicht; jedenfalls aber früh genug, um für Manuels Auge nicht zu viel Fremdes in Fries zu bemerken. Fries und Manuel gingen auf demselben Pfade, nur in verschiedenem Tritt. Der ältere Künstler hatte noch zu vergessen, der jüngere nur zu lernen. Manuel in seinem ungefestigten Können hat sich auch dem eigenartigen zeichnerischen Element in Fries' Arbeiten nicht ganz zu entziehen vermocht, wenigstens in dem Ölgemälde nicht. Und dass gerade das einzige Mal, wo eine weitere als rein technisch-malerische Annäherung zwischen den beiden Meistern eintritt, dies in einem Ölbild stattfindet, kann meine Hypothese nur unterstützen. Fries zeichnet, wie dies besonders stark in dem Antoniusbild von 1506 — aber auch noch 1512 in den Marienbildern — hervortritt, muldenförmige, rundlich-weiche Falten — ganz ähnlich wie in dem Gewande der sitzenden Amme auf der Rückseite des St. Lucasbildes von Manuel. Dann aber sind die Farben zur Vergleichung heranzuziehen. Wir finden auf der Palette des Fries dasselbe im Schatten schwärzliche Ziegelrot, das schmutzige Kirschrot besonders und das bräunliche Karnat mit den violetten Schatten. Da das Lucasbild, wie uns die Notiz von 1513 beweist, nicht das erste Ölgemälde Manuels ist, wir auch eine längere, direkte Schulzeit nicht annehmen dürfen, so können uns Eigenarten nicht weiter auffallen, wie z. B. das viel weissere Karnat der Frauen. Manuel war, wie wir später genauer sehen werden, ein selbständiger Maler, d. h. er war mit eigenem malerischen Gefühl begabt.

Wir dürfen also, wie ich meine, mit Recht in Fries den Lehrer im Malen für Niklaus Manuel in Anspruch nehmen. Es dürfte auch nur ein einziger anderer Maler in Frage kommen, Hans Baldung gen. Grien. Obwohl dieser berühmte Schöpfer des Freiburger Altarwerkes (i. Br.) in der nächsten Periode von massgebendem Einfluss auf unsern Künstler ist, so dürfen wir ihn hier noch nicht als bestimmende Grösse annehmen. Wenn die so sehr weisslich-graue Karnation der Frauen im Lucasbild auf Grien ein wenig hinweist, so finden wir dennoch bei diesem Künstler sonst eine ganz andere, vornehmlich auch viel klarere Farbenmischung.

Leider haben wir keine weiteren malerischen wie zeichnerischen Werke unseres Deutsch, die wir dieser Entwicklungszeit zuteilen können. Der Schüler verlässt uns, um uns als kräftig emporstrebender Meister wieder entgegenzutreten.

ZWEITES KAPITEL.

Unter Hans Baldungs gen. Grien Einfluss
(circa 1516 bis circa 1524).

Als erstes datirtes Produkt aus dieser neuen und zwar Hauptepoche wäre ein Bild von 1517 einer näheren Betrachtung zu unterziehen. Dennoch dürften wir vorher noch einer Anzahl von fünf weiss gehöhten, undatirten Federzeichnungen — alle auf dunkel orangefarbenem Hintergrund — unser Interesse weihen; denn der ganze äussere Charakter lässt sie als Uebergangsarbeiten erkennen. Zweimal wiederholt sich das Motiv, dass ein Alter ein junges Weib[1] umarmt und durch goldene Versprechungen für sich zu gewinnen sucht. (Bez. N. M. D. Halbfiguren.) Dann gehört hieher eine « törichte Jungfrau». Sie steht fast ganz en face mit leicht vorgeneigtem Haupte und schaut tieftraurig auf die zur Erde gekehrte leere Lampe, an deren Fuss sie die rechte Hand leicht anlegt. (Bez. N. M. D.) Ferner wäre zu erwähnen ein junges Mädchen in zeitgenössischer Tracht, die unter einem Spruchbande en face steht. Sie hält in der Rechten eine dünne, hohe Lanze, auf die ein Herz gesteckt ist. Rechts sind auf einem Stein die Buchstaben N. K. A. W. Bez. N. M. D.

---

[1] U 10⁴; Handzeichnungensaal 46; U 10⁷; Handzeichnungensaal 51, 52.

eingezeichnet. Das umfangreichste und beste Blatt aus dieser Kategorie ist eine Glasgemälde-Visirung. Aus Baumstämmen, die durch einen Astbogen verbunden sind, ist eine architektonische Einfassung gebildet. Kleine, muntere Buben klettern am Stamme empor, um oben auf dem Bogen ein Schiff zu schieben, in dem musizirende Genossen sitzen, während andere Knaben das Fahrzeug an einer langen Leine auf die rechte Seite herabziehen und ihren wieder hinabgeeilten Kameraden folgen wollen. Unter diesem Gerüste sitzt links eine reich gekleidete junge Schweizerin, die ein Wappen mit einem Löwen als Schildzeichen an einem Zügel hält.

Wie schon bemerkt, sind alle Blätter in Feder mit weisser Höhung ausgeführt. Der Linienzug ist elegant. Die Lichtpartien sind klecksartig oder mit einem breiten Strich aufgesetzt, so dass deutlich das Unvermögen, dem feinen Spielen des Lichtes gerecht werden zu können, sichtbar wird. Es ist hier dem Künstler ein neues Moment zugebracht worden, dessen er noch nicht Meister geworden ist. Das Oval des Gesichtes hat sich auch etwas verändert. Es ist rundlicher und voller geworden. Die Nase ist stumpfer, der Mund kleiner und namentlich voller, das Kinn abgerundeter, die ganze Gestalt in den Verhältnissen reiner geworden — mit einem Wort, es dokumentirt sich an dieser Stelle eine erste Einwirkung des Hans Baldungschen Typus. Die letzte Glasgemälde-Visirung führt uns aber auch schon in die direkte Nähe der Lucretia von 1517.[1] Es ist dies ein kleines Gemälde in schwarzen Umrissen und weissen Lichtern auf braunem Grunde — also eigentlich nur eine etwas grössere und ganz mit dem Pinsel ausgeführte Zeichnung. Die Figur der Lucretia ist bis

---

[1] Basel, Museum.

etwas unterhalb des Gürtels en face sichtbar. Das Haupt ist auf die rechte Schulter geneigt. Mit der Rechten stösst sie sich mit sehr jämmerlicher Miene den Dolch in den Busen. Umrahmt wird das Mittelbild von einem grau in grau gemalten Rahmen, der aus Ornamenten, in denen kleine Knaben herumklettern, und aus phantastischen Gestalten zusammengesetzt ist. Im oberen Rande steht 1517 und S. P. Q. R. Das Monogramm ist im Gemälde selbst wie auch die Worte «Lucretia Romana» angegeben.

Strenger als in den «Uebergangsblättern» hat sich hier der Einfluss Griens fixirt. Zunächst sei nochmals auf die Formung von Gesicht und Körper hingewiesen. Dann ist namentlich in der Schattirungsmanier eine enge Verwandtschaft konstatirbar. Grien überzieht in seinen Zeichnungen aus eben dieser Periode seine Figuren mit einem feinen Netz von Kreuzstrichen, die sich im Licht allmälig in lauter kleine und kleinere Häkchen verlieren. Die kräftigsten Lichter setzt er mit breitem, vollem Pinsel auf, die in den Gewandfalten oder -säumen mit einem einzelnen kräftigen Strich gegeben werden. Flüchtig sei auch noch darauf hingewiesen, dass Grien ganz besonders den farbigen und zwar vornehmlich einen dunkelorangefarbenen und braunen Hintergrund wählt. Diese technischen Eigentümlichkeiten finden wir nun ebenfalls bei Nikolaus Manuel in dieser Periode. Würde hiedurch der Zusammenhang beider Künstler noch nicht genügend bewiesen sein, so würden der ganze Habitus der Gestalt wie die Einzelheiten ergänzend hinzutreten. Da wir aber späterhin hiefür bessere Beispiele finden werden, so können wir jetzt diesen Teil der Frage übergehen.

Dass eine so enge Berührung zwischen dem berühmten Gmünder und dem Berner stattfand, darf uns nicht wundern. Beide waren in mehr wie einem Punkte sich homogen.

Vornehmlich trafen sie sich in der Liebe zu malerischen Effekten, zur rein malerischen Auffassung aller Dinge. Sehr wahrscheinlich ist Manuel zuerst durch die Holzschnitte Griens, wenn überhaupt jemals anders beeinflusst worden. Der ganz besonders von Baldung bevorzugte clair-obscure Schnitt gibt den Eindruck einer weiss oder gelb aufgehöhten Zeichnung, wodurch derartige Holzschnitte noch direkter zur Nacheiferung anspornen und dieselbe auch erleichtern.

Ausserordentlich nahe verwandt sind der Lucretia drei Handzeichnungen im Museum zu Basel, dem reichen Fundort Manuelscher Werke. Unter Nr. 50 hängt ein Blatt, das einen jungen, prachtvoll bewegten, nach links in Seitenansicht schreitenden Landsknecht zum Vorwurf hat. Ein weiter Mantel fällt über die kräftige, elastische Gestalt, deren Haupt ein reicher Federhut schmückt. Beide Hände fassen an den Schwertknauf. Die Mache ist genau so wie die der Lucretia: Feder mit Weiss gehöht auf braunem Grunde. Ebenso zierlich gezeichnet, aber nicht so flott belebt ist ein zweites ebenda befindliches Blatt,[1] das einen jungen Krieger nach rechts im Profil gibt. Die rechte Hand greift an den Gurt, während die Linke eine Lanze hält. Die Lichter sind diesmal ausnahmsweise mit Gold aufgesetzt und die Schraffirung ist ein wenig ängstlicher und kleiner. Beide Handrisse geben uns die vorzüglichsten Landsknechtbilder, die wir überhaupt von Manuel besitzen. Es ist der gesammelte Mannesstolz, die kühne Unverzagtheit, die auf elegantes Aeusseres bedachte, etwas posirende Erscheinung, wie sie der noch nicht verrohte schweizerische Krieger in jenen Tagen zur Schau trug, als auf

---

[1] Handzeichnungensaal 49. Nahestehend ist diesem Jahre eine törichte Jungfrau in Berlin und vier Landsknechte in Erlangen und eine Verspottung Christi im Besitz von Dr. D. Burkhardt in Basel.

seiner Schwertspitze noch das Wohl und Wehe von ganzen Reichen tanzte. Wichtiger in weiterem Ausblick ist es, dass Manuel derartigem Stoffe eine so eingehende, nie ermüdende Aufmerksamkeit schenkte. Diese «Einkehr in das Volkstum» ist ein bekanntes Zeichen jener neuen Epoche in dem geistigen Leben der damaligen Menschen. Mit der lebendiger erwachenden Liebe zum täglichen Dasein, mit der gesünderen, natürlicheren Auffassung der Religion musste der Sinn für Gegenstände erwachen, die der alltäglichen Existenz nahe standen. Manuel, der kühne, unerschrockene und scharfsinnige Reformator, hat energischer und ungeteilter sich diesen Motiven zugewandt, als irgend ein anderer Künstler jener Tage. Unter den «Genremalern» des beginnenden XVI. Jahrhunderts gebührt ihm der erste Platz durch seine rückhaltlose Hingabe, wenn auch vielleicht nicht durch Innigkeit und Tiefe.

Der dritte Entwurf[1] endlich ist mit Feder auf dunkelbraunem Hintergrund sehr penibel vollendet. Ein junges Weib steht ganz in Vorderansicht mit geneigtem, lockigem Haupte, das Lichtstrahlen umsäumen. Der Oberkörper ist züchtig bekleidet, während sie den rückwärts flatternden Rock bis weit über die Kniee hochgehoben hat. — Das Gesichtsoval ist rundlich; die Beine zeigen volle, weiche Formen, die Füsse sind breit und ungeschickt gezeichnet.

Die von Vögelin vorgeschlagene Deutung, dass wir es hier mit der Legende der Heiligen zu tun haben, welcher der Teufel aus Rache die Illusion vorgegaukelt hat, als schreite sie durch einen Bach, so dass sie auf der Landstrasse das Kleid in die Höhe hebt, erscheint nicht unwahrscheinlich. Aber es ist doch nicht recht abzusehen, weshalb die Heilige das Gewand dann nur vorne und so

---

[1] U 9 25.

gar hoch emporhebt, bis an den Unterleib. — Sollte nicht doch die Zeichnung einen derberen und satirischen Gedanken enthalten? Aus eben demselben Jahre stammt das 1517 signirte und monogrammirte Bild der Bathseba[1] im Bade. In einem mit einer Mauer umzogenen Hofe steht rechts ein sehr reich aufgebauter Brunnen, dessen konstruktive Zusammensetzung und Ornamentik ohne Frage an Goldschmiedarbeiten · erinnert. Im Becken stehen und hocken Knaben, die zum Teil auf eine ziemlich ungenirte Weise Wasser spenden, zum Teil auf eine sehr lustige, z. B. durch eine Armbrust schiessend. Zur Linken steht auf grünendem Vordergrund eine elegant gekleidete junge Frau. Sie dreht uns den Rücken zu, mit einer Kopfwendung nach rechts. In den Händen hält sie das Gewand der badenden Gebieterin. Etwas zurück sieht man neben ihr zur Linken noch ein zweites junges Mädchen. Im Bassin selbst sind zwei unbekleidete Frauen. In der Mitte sitzt auf einem Kissen die Bathseba und wäscht ihren linken Fuss. Ihr gerade gegenüber steht in der kleinen, offenen Pforte, die aus dem Hof auf die Strasse führt, ein Mann. Aus dem Erker eines Gebäudes zur Linken, das die Hofmauer hoch überragt, blickt der König hernieder. Weiter zurück — nach rechts — liegt ein befestigtes Tor; einige Bäume streben zum Himmel, der mit schön geformten Wolken bedeckt ist. Offenbar hat der Künstler nur seiner Lebensfreudigkeit, seinem frischen Humor, seinem Vergnügen an dem Nackten Genüge tun wollen und den Titel einer alttestamentlichen Begebenheit mit in den Kauf genommen. Es ist auch ein ganz anderes humoristisches Element, man möchte sagen, ein anderer Teil des Humors, der jetzt die Arbeiten der Meister

---

[1] Basel, Museum.

belebt, als in den vergangenen Jahrhunderten. Nicht phantastisch, sondern phantasiereich, vor allem aber lebensfroh
sind die Werke geworden. Ein Ton, der sowohl in den
neckischen, fidelen Buben, in den reich geschmückten
Frauen, wie in den nackten Badenden gleich stark, gleich
rein und erquickend wiederklingt.

Die Mittel der Malerei sind dieselben wie bei der Lucretia; nur sind die Bäume und die Gräser mit einem
leichten grünen Farbenton angelegt. Bei den entkleideten
Frauen fallen die seltsam langen, etwas dünnen Arme auf,
bei sonst wohlgeformten, üppigen Körpern. Die tiefsten
Schatten sind an Armen und Beinen mit ganz kleinen,
engstehenden Strichen gegeben, wie sie bei Grien auftreten,
z. B. in der Handzeichnung von 1515 (Berlin) zu den Basler
Todesbildern.

Auf der Rückseite des oben besprochenen Gemäldes
ist die Umarmung des Todes und einer Dirne gemalt.
Betrachtet man dies Bild unmittelbar nach dem andern, so
wird man förmlich sprachlos — so gross ist der Unterschied. Lebt dort ein genussfrohes, heiteres Dasein, so
spricht hier ein dämonisches, glutvolles, schauerlich wol-
lüstiges Leben. Dennoch aber wird das Bild noch in das
Jahr 1517,[1] wenn auch gegen das Ende desselben, zu
setzen sein. Das Gemälde ist nur monogrammirt und
nicht, wie Vögelin angibt, datirt.

Zur Linken sehen wir eine Renaissance-Architektur.
Zwei Säulen, die von gebückten, seltsam belebten Männern
getragen werden, stützen ein hohes Gebälkstück. Auf der
ersten dieser Säulen, unterhalb und zur Seite des auf-
liegenden Simses ersticht sich ein Amor. Ihm gegenüber
steht rechts auf einer niedrigen runden Säule eine bekleidete

---

[1] Basel, Museum.

Frauengestalt (die Keuschheit?). In der Mitte stehen der Tod und das Mädchen. Einzelne Haarstreifen kleben am kahlen Schädel, einige Hautfetzen am Rücken und am Brustknochen, während die zierlich im Tanzschritt gestellten Beine mit Lumpen von Landsknechthosen bekleidet sind. Die Rechte legt er mit fühlbar unwiderstehlicher Kraft um das Genick des jungen Mädchens, während er es küsst. Unter das Gewand fasst die Linke, nach der unwillkürlich die rechte Hand des jungen Weibes greift. Die ganze Arbeit ist mit geradezu genialer Sicherheit hingeworfen. Man merkt jedem der kräftigen Pinselstriche an, dass dies Werkchen dem Meister als reifes Produkt unmittelbar aus tiefster Seele heraus, unter den Fingern fast von selbst entstanden sein muss. Deshalb ist diese Improvisation von so ungebrochenen, hinreissenden Pulsschlägen durchzuckt.

Keck und kühn sind auch die weissen Lichter hingesetzt, die Umrisse entworfen, die namentlich in den flatternden Gewandsäumen mit zwingender Gewalt an Baldung gemahnen. Vögelin sagt zu diesem Bild a. a. O. S. XCIII: «Sodann ist Manuels Tod nicht ein eigentliches Gerippe, sondern eher eine in Fetzen gehende Mumie. Nur der Schädel ist ein wirklicher Todtenschädel. Diese Darstellung muss offenbar Manuels Mangel an allen anatomischen Kenntnissen decken. Seine Knochen sind ebenso konventionell wie die über dieselben gebreiteten Hautlappen. Das Auskunftsmittel ist aber nicht glücklich. Es gibt der Gestalt einen abstossenden, realistischen Anschein und dieselbe wirkt vielmehr ekelhaft, anstatt wie sie sollte grauenhaft.» Gewiss hat der gelehrte Verfasser diese Worte nicht angesichts des eben detaillirten Gemäldes niedergeschrieben — ein Angriff, der doch auch sonst wohl zu scharf ist. Wohl mag Manuel sich an die ältere Bildung des

Knochenmannes zum Teil aus Unkenntnis angeschlossen haben, zum Teil, wahrscheinlich zum grössern, hat er sich von malerischen Gesichtspunkten leiten lassen, wie dies auch Baldung tat. Denn dass der Tod «ekelhaft» wirken sollte, möchte doch nicht jedermanns Ansicht sein. Vielmehr wird gerade durch diese Realistik in der Erscheinung der Tod so menschlich wahr, wirkt er um so fürchterlicher, weil nicht so fremd. — Auch an dieses Bild hat sich ein, wie es den Anschein hat, untilgbares Vorurteil gegen Manuel angeknüpft, die Behauptung nämlich, dass der Künstler mit einer gewissen Vorliebe unzüchtige Szenen dargestellt habe. Nun soll durchaus nicht geleugnet werden, dass der farbenfreudige Herold des Landsknechtlebens das für unsere Anschauung derb-sinnliche Leben seiner Zeit abgetönt hätte — nein, gewiss nicht, aber er hat auch nicht in Uebertreibungen geschwelgt — ich kenne wenigstens kein einziges unflätiges Blatt — einen Ausspruch, den man von andern Künstlern, z. B. von Urs Graf, nicht tun dürfte. Wie man aber Arbeiten wie eine «Liebesszene» des Todes mit einer Dirne, diese Umarmung des Todes, zum Beweise für jene Ansicht, wenn auch bedingt, heranziehen konnte, ist kaum zu verstehen. Die Gefühle, die Manuel zu der besprochenen grandiosen Darstellung anregten, waren die denkbar sittlichsten. Es war eine Strafpredigt, eine furchtbare Mahnung für die immer mehr einbrechende Zügellosigkeit. Wir haben zugleich in diesem Gemälde die erste Spur des Meisters zu erkennen, der bald in gewaltigen Fresken das unerbittliche Walten des Todes versinnbildlichen sollte. Würde Manuel der Liebhaber lasciver Stoffe gewesen sein, so würden seine Werke der bildenden Kunst seine Briefe und Schriften Lügen strafen. Den alles mit einem schönen Mäntelchen umhängenden modernen Zeitgeist darf man aber doch nicht dem XVI. Jahrhundert

octroyiren und deshalb dem Künstler eines seiner schönsten
Lorbeerblätter, die ungeschminkte und reine, gesunde Wahrheit aus seinen Schöpfungen herausdisputiren.

Der Bathseba verwandt ist eine Handzeichnung im
Basler Museum: Ein unbekleidetes Mädchen mit einem
Federhut,[1] unter dem langes, lockiges Haar hervorquillt,
auf dem Kopf, bläst auf einer Flöte, deren Futteral ihr
um den Leib hängt. Auf dem Spruchband über dem Kopf
stehen die Buchstaben N. K. A. W. — die Devise des
Meisters: Niemand kann alles wissen. Links neben ihr
steht ein Baumstumpf, zur Rechten liegt ein Stein, auf dem
die Signatur angebracht ist. Im Hintergrund dehnt sich
der Breite und Tiefe nach ein See aus, auf dessen jen-
seitigem Ufer rechts eine Burg liegt, deren Garten sich
bis an die hohen Berge erstreckt.

Die Proportionen sind auf dieser Handzeichnung ebenso
wie auf dem Bathsebabilde auffallend schlank, wie auch
sonst die Technik häufig übereinstimmt. Seltsam breit und
zusammenhängend, wie aufgemalt sind die Lichtpartieen,
so dass es den Anschein gewinnt, als ob der Künstler ursprünglich eine weitere Ausführung beabsichtigt hätte.

Wie sehr Manuel schon im Jahre 1517 in seiner Heimat
geschätzt wurde, das kann uns auch, ausser den erhaltenen
Werken, eine Notiz aus den Staatsrechnungen lehren:[2]
«Denne Manuel von der Taschlen wegen, gan Granson
für meiner Herren teil 272 Pfd. 16 Sch. — Denne Niklaus
Manuels knächten für ein trinkpfenning von dem chor
man Hileseus tut 4 Pfd.» Es war dieses Gemälde also
ein Geschenk des Staates Bern nach Granson.[3] Und man
darf folglich die Uebertragung von einer solchen Kunst-

---

[1] U 10[5].
[2] Trächsel: Bernisches Taschenbuch 1878.
[3] Das Gemälde ist verschollen.

leistung an unsern Künstler als ein Zeichen vorzüglicher Wertschätzung ansehen. Ob er auch in diesem Jahre die Passion gemalt hat, von der Sandrart[1] spricht, ist nicht mehr zu ermitteln, aber immerhin möglich.

In eben dem Jahre 1517 lernen wir unsern Manuel auch als Architekten näher kennen. Ihm war die Einwölbung des Chores im Münster seiner Vaterstadt übertragen worden. Wir haben noch die Rechnungen hierüber:[2] «1517 deme so hand mine Herren geordnet Niklaus Manuel zu geben von dem gewelb im chor zu welben 400 pfd. und den knechten 10 pfd. — Deme Niklaus Manuels knechten für ein trinkpfenning von dem chor tut 4 pfd.» — Ob Manuel auch in dieser Zeit noch das Haus gebaut hat, von dem Scheurer spricht, ist unbestimmt. Er sagt:[3] «Von ihm ward auch gebauen und über und übermahlet und mit versen bezieret das haus am Öhlberg vor der Stadt Bern aus, gegen der Nideck Kirche über.» Grüneisen erwähnt S. 90 auf Grund eines Manuskriptes des Kommissärs Manuel über dessen Ahnen Niklaus Manuel, dass das Haus erst 1570 von dem Sohne gleichen Namens gekauft und 1750 abgebrochen worden ist. Damit ist jedoch noch kein Grund gegeben, Scheurers Angabe zu bezweifeln, dass Manuel das Haus ursprünglich erbaut hat.

Kaum später als in dies beregte Jahr möchte aus stilistischen Bedenken ein grosses Gouachebild einzureihen sein. Es ist dies das im Basler Museum aufbewahrte, 1,46 m hohe und 1,57 m breite Gemälde, das die Sage des Pyramus und der Thisbe zum Vorwurf hat. Im Vordergrunde steht eine wunderschöne Buche, die

---

[1] Teutsche Akademie II 2. Thl. p. 83. Das Bild ist ebenfalls verschollen.
[2] Trächsel a. a. O.
[3] Mausoleum a. a. O.

unterhalb der Krone durch den Bildrand abgeschnitten wird und das Gemälde in zwei Hälften teilt. Auf grünem Rasen liegt rechts der tote Pyramus, an dessen rechter Seite Thisbe, in ein durchsichtiges Hemd gekleidet, kniet und sich das Schwert in den Leib stösst. Im Mittelgrund schleicht der Löwe, das Gewand im Maul, dem Walde zu, dessen Nähe durch einzelne hohe Baumstämme an der Kante des Bildes angedeutet wird; an denselben stösst der mit Bäumen umstandene See, der sich fast durch die halbe Breite des Bildes und weit in den Hintergrund hinein erstreckt. An seinem jenseitigen Ufer stehen in ernster Grösse tiefblau gefärbte Bergriesen, die, sich hebend und senkend, nach links sich fortsetzen. Von dem Gebirge zur Linken ziehen sich fruchtbare Gefilde, aus denen noch einmal ein einzelner mächtiger Felsklotz emporragt, bis zur befestigten Stadt im Mittelgrunde links herab. Eine Brücke führt durch ein befestigtes Tor über den sich hier zum Fluss verengenden Weiher zu jenen Wiesen, auf denen sich das Liebesdrama abgespielt hat. Zwei junge Frauen haben die Stadt voller Sorge verlassen, deren Berechtigung sie soeben mit lautem Schmerze sich bewusst werden. Das Morgenrot lässt, erst leicht die dunklen Schatten der Nacht bekämpfend, in fahlen Lichtern die Wolken am Himmel sich färben und spiegelt sich in der schweigenden Flut des Seees.

Wird die Kritik auch vieles an der äussern Form auszusetzen haben, so wird sie auch nicht leugnen können, dass sie es nicht nur mit einem kunsthistorisch wichtigen, sondern auch echt·künstlerischen Werke zu tun hat. Der Meister, der diese Landschaft schuf, der sah in der Natur nicht nur Wiesen, Seeen, Berge und Täler, sondern er brachte auch den geheimnisvollen Tönen, die in derselben klingen, ein verständnisinniges Herz entgegen. Aus diesem Empfinden heraus schenkte er uns eine hochpoetische

Stimmungslandschaft. Der volle Zauber, der über einer Landschaft im Morgengrauen liegt, ist in den fast träumerisch die Zweige und Blätter senkenden Bäumen, in dem ruhigen, von dem Licht der aufgehenden Sonne erglänzenden Wasser, in den durch den feuchten Dunst des Morgens in sattes Blau getauchten Bergen zum feingestimmten Ausdruck gekommen. Manuel gehorcht in diesen und ähnlichen Schöpfungen einem seiner Zeit tief innewohnenden Zuge. Die Landschaft war aus der kleinlichen, aber so segenbringenden Nachahmung der Einzelheiten Schritt für Schritt zu einer grösseren Auffassung durchgedrungen, deren Kulminationspunkt in Dürer liegt. Die Dürerschen Landschaften, deren die Sammlung in Bremen eine so reiche Kollektion ihr eigen nennt, zeichnen sich vor allen andern durch die grossartige Auffassung, durch das wahrhaft historische Element aus. Das Nebensächliche verschwindet und der Kern tritt in all seiner einfachen Erhabenheit zu Tage, wie dies z. B. ganz besonders klar die Landschaft bei Turin zeigt. Nicht allen Künstlern aber war dieser gottbegnadete Blick gegeben und sie suchten, was ihnen an Grösse gebrach, durch Seltsamkeit oder Phantastik zu ersetzen. Die Niederländer bogen und schraubten die Berge und in Deutschland erreichte diese phantastische Richtung ihren ersten Höhepunkt in Mathias Grünewald. Von diesem phantasievollen Farbenkünstler von Kolmar wurde die vielfach übertriebene, poetisch ausgestattete Landschaft ausgebildet, die ihre Weihe durch den Zauber des Lichtes erhielt — eine Ergreifung des Stoffes, die um so mehr auf Leben Anspruch hatte, als sie den immer schärfer zu Tage tretenden, etwas einseitigen malerischen Ideeen entsprach, einer Strömung, der der grösste Zeichner damals — Dürer — sich auch nicht völlig entziehen konnte. Die Schüler des Altmeisters verloren sich, wie Altdorfer,

in phantastischen, unerreichbaren und unerreichten Licht-
effekten oder aber sie wurden auch hier durch den italienischen Einfluss gelähmt, der ihr Auge nicht mit der so
notwendigen, ungetrübten Neigung auf die heimatlichen
Fluren schauen liess. Anders Manuel, dem einzig etwa noch
Hans Leu den Rang streitig machen könnte, sofern wir
besser über ihn, bei seinen wenigen hinterlassenen grös-
.seren Werken, urteilen könnten. Manuel gebietet nicht über
jene klärende, geniale Erfassung des Innersten einer Landschaft, wie Dürer, wohl aber über dieselbe warmherzige,
hingebende Liebe und über einen grössern lyrischen Sinn.
Hierin wie an Respekt vor der Natur überragte er auch
Grünewald. Manuel ist ein echtes Kind seines machtvoll
ergreifenden, kraftvoll schönen Bernerlandes, dessen Pracht
er in tiefster Seele fühlte und verstand. Von jenem soeben präzisirten Standpunkt aus darf Manuel als der grösste
Landschaftsmaler neben Dürer in der ersten Hälfte des
XVI. Jahrhunderts genannt werden. Ein Lob, das ihm
allerdings das vorliegende Gemälde nicht so sehr eintragen
dürfte, wie ein anderes aus späterer Zeit. Dennoch aber,
wie schon bemerkt, ist auch hier die Conception sehr be-
merkenswert, was von den handwerklichen Qualitäten
kaum gesagt werden könnte. Die Zeichnung der Figuren
ist bei den lebendiger bewegten recht mangelhaft; ebenso
sind die Verkürzungen ungeschickt. Die Wahl der Farben
ist bunt, aber klarer wie früher. Die Aufsetzung der Lichter
ist ein wenig fleckenhaft und zeigt noch eine gewisse
Ungeschicklichkeit. Die Abtönung des weissen Karnates
in braunrote Schatten in den dunkelsten Partien verweist
uns von neuem auf Hans Fries, von dem diese Manier zuerst
1514 gehandhabt wird. Es darf uns diese neue Anlehnung
an Fries nicht befremden, sondern kann nur natürlich
erscheinen. Dokumentirt sich in den *Zeichnungen* eine

unverkennbare Hinneigung zu Hans Baldung, dem Dürernachahmer, so war Manuel geradezu gezwungen, dem einzigen Maler, der in seiner nächsten Nähe wohnte, vielleicht damals schon in Bern war, hie und da Einfluss zu gestatten — oder aber man muss annehmen, dass Manuel auch aus der Quelle geschöpft, aus der Fries sich seine Veränderung der Malweise geholt hat. Jedenfalls war die Annäherung unseres Künstlers an den ältern Meister keine starke; denn die Farbenzusammensetzung Manuels ist eine viel klarere. Wahrscheinlich schreibt sich dies aus einem sehr naheliegenden Wetteifer mit der Glasmalerei her, für die er so viel zu liefern hatte.

In einer 1518[1] datirten und mit Monogramm versehenen getuschten Federzeichnung treffen wir unsern Künstler wiederum auf dem Gebiete, auf dem er sich so gerne tummelt, auf dem des Landsknechtlebens. Auch diesmal hat er diesen Stoff in einem Wappenschild verwendet. Wer war wohl auch in jenen Tagen ein sicherer Wappenhalter als einer der todesmutigen Reisläufer? Dass aber ein *Landsknecht* ein Wappen hält, ist schon an sich eine höchst interessante Tatsache. In früheren Zeiten brachte man als Wappenträger allerhand wilde oder auch phantastisch gebildete schreckliche Tiere an — jetzt tritt der sich seiner kräftigen Individualität bewusste Mensch an die Stelle. Dass dies gerade in der Schweiz sich so stark ausbildete, darf bei der ganzen persönlichen Grundlage — wenn man so sagen darf — auf der die Existenz des Landes beruhte, ebenso wenig Wunder nehmen, als die so überaus verbreitete Vorliebe zum Wappen überhaupt. Das individuelle Bewusstsein war hier ein sehr gesteigertes und dadurch eine engere Verbindung der Familien in sich notwendig gegeben. Von

---

[1] Basel, Kunstverein.

38

diesem Familien-Individualismus wird der scheinbar mit den republikanischen Anschauungen kontrastirende Wappen-kultus getragen und geadelt. Manuel ist nicht der einzige, nicht der erste, der Landsknechte in die Schilde setzte, aber er tat dies bis auf Holbein mit dem grössten Geschick, weil mit der persönlichsten Liebe zum Vorwurf. Auch in dem vorliegenden Handriss kommt diese unmittelbare Lebendig-keit zum Ausdruck in dem jungen stattlichen Kriegsmann, der in der Linken das wuchtige Schwert wiegt und mit der rechten Faust den Schaft einer Lanze umklammert. Das Wappen, das von zwei Säulen flankirt wird, von denen allerdings nur die Linke mit dem krausen Rankenwerk voll-endet ist, sollte die Embleme des Joseph Gösler enthalten.

Die Ausführung ist sehr akkurat mit Feder und Tusche (jetzt auf hellbraunem Hintergrund, der aber modern ist). Die Lavirung ist sehr sorgfältig, jedoch nicht recht ver-trieben; die Höhung mit Weiss in den vollen Lichtpartien ist mit breitem flüssigem Pinsel gegeben.

Bestimmt hat Manuel im Jahre 1518 eine grosse, wahr-scheinlich aber mehrere umfangreiche Wandmalereien aus-geführt oder begonnen. Manuel besass ein Wohnhaus am Münsterplatz hinter dem sogenannten Mosisbrunnen.[1] Wahrscheinlich schmückte er — es war ein Eckhaus — nach der Sitte der Zeit sein Haus mit «Schildereien» an beiden Ecken. Dass aber jedenfalls das gleich näher zu erörternde Werk ein Fresko war und nicht, wie man wohl auch hat annehmen wollen, ein Leinwandgemälde, etwa im Flur angebracht, dafür sprechen die in der einzig erhal-tenen Kopie angedeuteten Beschädigungen. So wie in dem

---

[1] Die Notiz in Woltmann-Wormanns Geschichte der Malerei p. 485 muss auf einem Irrtum beruhen, wahrscheinlich auf einer Ver-wechselung mit dem Haus vor der Nydeckbrücke.

39

Aquarell fehlende Partien angegeben sind, kann nur Fresko beschädigt werden.

Leider besitzen wir dies grosse Werk nur in einer Kopie des P. R. Dick vom 28. August 1732. Rahn a. a. O. hat bereits bemerkt, dass diese Zeichnung nicht verschwunden, sondern im Besitz des Architekten Herrn v. Rodt-v. Mülinen in Bern sich befindet. Wenn der erwähnte Gelehrte die Echtheit der Zahl 1518 dadurch etwas in Zweifel zu ziehen scheint, dass er sie als eine von einer «andern Hand» hinzugefügte betrachtet, so muss ich bemerken, dass ich bei wiederholter peinlicher Untersuchung nur habe feststellen können, dass die Ziffern zu eben derselben Zeit und mit der nämlichen Tinte von eben derselben Hand geschrieben sind, welche die Autorschaft des Kopisten angegeben hat. Da die Charaktere dieser Schrift aber die der Entstehungszeit sind, also sehr wahrscheinlich der Titel von Dick selbst aufgeschrieben ist, so sehe ich keinen Grund, die Zahl zu beanstanden. Der Kopist hat vermutlich vergessen gehabt, die Zahl 1518 unter das Monogramm einzusetzen, hat den Fehler bemerkt und mit Tinte, anstatt mit der Tusche, den Fehler zu korrigiren versucht, oder aber der Auftraggeber hat den fehlenden Titel *und* die Zahl hinzugeschrieben; jedenfalls aber kommt diese Datirung aus der Mitte des vorigen Jahrhunderts und es ist keinerlei Begründung vorhanden, zu glauben, dass man damals so ins Blaue hinein Zahlen auf Kunstwerke setzte.

Auf einem hohen viereckigen Sockel im Geschmack der Renaissance erhebt sich auf jeder Seite links und rechts eine gebauchte kurze Säule, die mit reichem Ornament verziert ist. Auf diesen Säulen steht ein Bogen, der mit sechs cylinderartig geformten Blumenkörpern geschmückt ist, von denen sich aufringelnde Akanthusblätter auslaufen. Auf diese Gebilde schlagen, zwischen ihnen stehend, von links und rechts je ein kleines, sehr phantastisch gebildetes Teufelchen. Das Gemälde selbst ist durch eine die Breite des Bildes durchziehende und bis zur halben Höhe reichende Mauer in zwei Etagen abgeteilt. In der untern Abteilung sieht man links einen Jüngling neben einer älteren « ehrbaren» Frau knieen. Vor ihnen steht eine viereckige Tafel mit der Inschrift: O Salomo was dust du hie? der wysest so ûf erden jeh von frauwen lyb ward geboren macht dich ein wyb zu einem toren so soll mich ouch. Vor diesen Personen ragt eine Säule hoch bis an den Umfassungsbogen empor, auf der ein phantastisches Ungeheuer steht. Vor diesem Götzen kniet rechts ein gekrümmter, weissbärtiger, stupide aussehender alter Mann, angereizt durch drei Frauen, deren Erscheinung eine lockere Lebensweise verrät. Im oberen Geschoss sitzen und stehen eine Menge Menschen. Von links nach rechts: Mönche, Ratsherren, Frauen jeglichen Standes und Gelehrte. In der Mitte dieser Personen, steht, in ganzer Gestalt sich präsentirend, ein junger Krieger, der seine Hand ans Schwert legt.

Seit Grüneisens Biographie unseres Meisters hat die Deutung dieses Freskos stets dahin gelautet, dass Manuel direkt oder indirekt — wie Bæchtold und Vögelin wollen — seinen alten Grossvater, der im neunzigsten Lebensjahre eine Ehe mit seiner Magd einging, hat lächerlich machen und das Sprichwort: Alter lässt von Torheit nicht! illustriren wollen, weil er (nach Grüneisen) in seinen Erbansprüchen jetzt stark geschädigt wurde. Vögelin sagt folgendermassen: «... der Gegenstand der letztern (der Komposition) ist der aus der Zeit Salomos bis in die Gegenwart hinaufreichende Götzendienst; also ein merkwürdig früher Protest gegen den Bilderdienst der katholischen Kirche. Die Beziehung auf Manuels Grossvater, den abergläubischen Stadtschreiber Thüring Frickart, wird sich nicht ableugnen

lassen und in dieser satirischen Tendenz mag denn auch
der hauptsächlichste Wert des Bildes gelegen haben.» So
gerne ich mich dem ersten Teile der Deutung anschliesse,
so wenig kann ich dem zweiten derselben folgen. Grüneisen gegenüber hat Rettig[1] Front gemacht in einem Auf-
satz, indem er dieselbe Erklärung wie Vögelin für die Sache
an sich gibt, aber energisch, und wie mir scheint mit Recht,
gegen eine Verhöhnung des alten Dr. Frickart protestirt.
Er beweist auf Grund von Akten und damaligen Rechts-
anschauungen, dass Manuel ganz und gar nicht in seinen
Erbansprüchen geschädigt, dass er im Testament völlig
richtig bedacht, dass die Auslegung einiger Worte in demselben von Grüneisen nicht richtig vorgenommen wurde,
und führt schliesslich einen Brief unseres Künstlers seinem
Opponenten wieder ins Gedächtnis, der wohl bestimmt jene
Manuels Andenken nicht hebende Verspottung als nicht
existirend erkennen lassen muss. Der Künstler schreibt
nämlich — bei Bæchtold p. XXIX ganz abgedruckt —
1522 aus dem Kriegslager an den Rat seiner Vaterstadt:
«gnedigen Herren ich bitten üch ir wellend mich lassen
geniessen mynes lieben Herren und Grossvaters seligen
Toctor Thüring...» Er bezieht sich also auf die Dienste
und das Andenken seines Ahnen, um eine öffentliche
Stellung zu erhalten. Bei den damals viel engeren, weit
patriarchalischeren Beziehungen der einzelnen Familien-
glieder zu einander, bei der zu jener Zeit viel strenger
geübten öffentlichen Censur ist es, scheint mit Rettig mir,
völlig undenkbar, dass Manuel es gewagt haben sollte,
nach einer mehr oder weniger direkten, jedermann jedenfalls klaren Beschimpfung seines angesehenen Grossvaters
sich auf dessen Verdienste als Fürsprecher zu berufen. —

[1] Über ein Wandgemälde von N. Manuel 1862.

Auch kann ich nicht einsehen, wie hiedurch der Wert des Bildes sinken sollte, sondern im Gegenteil: je reiner die kirchliche Satire, um so schärfer musste sie treffen, um so grösser war das Verdienst, sie ausgesprochen zu haben. Dass wir es aber hier mit einem Angriff auf die Kirche zu tun haben, wird durch ein zweites Bild noch glaublicher gemacht. Es ist dies die sogenannte «Bauernhochzeit», die nach Vögelins, wie ich glaube, sehr annehmbarer Vermutung ein Gegenstück zu dem Salomo-Bild an der andern Ecke des Gebäudes abgab; nur darf man nicht an ein gewöhnliches bäuerliches Hochzeitsfest denken. In friesartiger Anordnung geht von links nach rechts ein Zug von stark karrikirten Männern und Frauen nach der Pforte einer Kirche. Zu äusserst links schleppt ein Mann einen Schinken und einen Bierkrug, ihm geht zur Seite eine Frau mit einer Katze und einem Korb. Es folgen dann zwei schwatzende alte Weiber. In der Mitte des Zuges geht die Hauptperson, ein fürchterlich hässliches Weib, das stark dekolletirt und mit Blumen geschmückt ist. Einen grossen Rosenkranz hält sie in der Hand. Zwei Männer mit groben Zügen geleiten sie, während drei Männer, die mit Kuchen, Käse, Wild u. s. w. beladen sind, voranschreiten. Drei Musikanten, die phantastisch und satirisch ausstaffirt sind, blasen den Festmarsch. Vor ihnen tritt mit gewichtiger Miene ein kleiner Zwerg, an vier im zweiten Grunde stehenden und auf ihn deutenden Männern vorbei, auf den dicken Pfaffen zu, der unter der Kirchentür sich aufgestellt hat. Aus einer neben der Pforte zur Linken befindlichen Lucke schiesst ein junger Bursche mit einer Armbrust dem Geistlichen einen Berner «Wecken» in den geöffneten froschmaulartigen Mund.

Die richtige Deutung gibt zuerst der Verfasser des Kataloges der öffentlichen Kunstsammlung in Bern: «la composition est d'un caractère satirique et cache peût-être une charge de l'artiste contre l'avidité du clergé de son temps.» Das Gemälde selbst ist uns nur in einer Ölkopie aus der II. Hälfte des XVI. Jahrhunderts erhalten und befindet sich jetzt in der Bernischen Kunstsammlung. Es wurde auf dem Boden des Manuelschen Hauses gefunden.[1] Ausser dieser örtlichen Beglaubigung bieten sich auch sonst noch genügende Anhaltspunkte, die trotzdem, dass hier nur eine Kopie vorliegt, Manuels Autorschaft erhärten.

In den beiden soeben besprochenen Werken lebt der geniale, kühn reformatorische Geist, der uns aus den späteren literarischen Schöpfungen so hell entgegen strahlt. Zum ersten Male wird von Manuel in grossen Fresken stark und leidenschaftlich die Kriegsfanfare gegen die Gebrechen seiner Zeit, besonders gegen die kirchlichen, geblasen. Es hiesse wahrlich dem Tone viel von seiner Klangfarbe nehmen, wollte man dem Künstler niedrige Gesinnungen, wie beim Salomobilde, unterschieben. Und so lange, bis ein unwiderlegbarer Beweis nicht erbracht werden kann, sei es aus den Schriften oder den Gemälden, der uns den Genuss an den unverfälschten, reinen Klängen verkümmern darf, so lange wollen wir uns in dieser Freude nicht stören lassen.

Eine Tätigkeit unseres Künstlers für den Holzschnitt ist nur in sehr geringer Weise bisher nachzuweisen; dafür gehören aber diese wenigen Produkte auch zu den schönsten, die man sehen kann. Es sind dies 10 Blatt, auf denen das Thema der klugen und törichten Jungfrauen variirt wird. Sie sind aus dem Jahre 1518 datirt und mit dem Monogramm bezeichnet.

---

[1] Die näheren Angaben der Provenienz bei Grüneisen a. a. O., p. 181 ff.

Der Reigen der klugen Jungfrauen wird eröffnet durch ein reich gekleidetes, junges Mädchen, das ganz en face mit blossen Füssen dasteht. Das leicht geneigte Haupt trägt ein Federbarett. Mit beiden Händen hebt sie das in weiche weite Falten geworfene Kleid auf und hält in der Linken zugleich noch die aufgerichtete Lampe. Im Hintergrund liegt links an einem Weiher ein Häuschen; hinter demselben erheben sich spitze, an den Jura oder Schwarzwald erinnernde Höhen. Auf dem zweiten Blatte sehen wir ein junges Mädchen in «modischer» Haltung nach rechts im Profil. Mit der Rechten hebt sie das Kleid hoch, indem sie es zugleich zurückzieht, während sie in der Linken die Lampe trägt. Eine Flusslandschaft mit Brücke, Stadt und Bergen rundet das Bildchen ab. Ihre nächste Genossin ist eine prächtig gekleidete, majestätische Frauengestalt, die ruhigen Schrittes nach rechts sich wendet. In der leicht vorgestreckten linken Hand hält sie das kostbare Lämpchen, dessen Flamme sie mit der Rechten schützt. In ähnlicher Weise behütet die vierte der Klugen ihren Schatz. Auch sie bewahrt eine ruhige Haltung in en profil Wendung nach rechts. Ein eng anschliessendes Gewand fällt schlicht herab; an der Seite hängt die Tasche der Hausfrauen. Über den Rücken wallt in schönen, einfachen, ungebrochenen Linien ein weiter Mantel bis auf den Boden. Eine bergige, mit Burgen und Bäumen belebte Gegend vollendet das Ganze. Die letzte der klugen Jungfrauen ist eine sehr vornehm darein schauende Dame, die scharf im Profil nach links geht. Lässig spielt die Rechte mit den Taillenbändern; die andere hat den Griff der Lampe gefasst. In der Landschaft auf diesem Holzschnitt ist namentlich die Art interessant, wie der Künstler hinter dichten Cumuliwolken breite Sonnenstrahlen hervorschiessen lässt.

Mit fast triumphirender Miene deutet die erste der

törichten Jungfrauen auf die leere Lampe mit der Linken; ein Gesichtsausdruck, zu dem die burschikose, auffallende Kleidung recht gut passt, die vom Winde geweht in viele kleine Falten rückwärts fliegt und das Bein bis zum Knie entblösst (die Bezeichnung ist mit den verkehrt zusammengesetzten Buchstaben gegeben). Wohl die schönste aller «Törichten» ist ein junges Mädchen — ganz en face — im kurzen Bauernrock, der die gedrungenen, schmiegsamen Formen und die kräftigen, wohlgestalteten Knöchel und Füsse sehen lässt. Nachdenklich blickt sie das leere Lämpchen an. Mit besonderer Liebe scheint der Meister die freundliche See- und Berglandschaft zusammengesetzt zu haben, um dieser köstlichen Figur einen entsprechenden Hintergrund zu geben. So anmutig bescheiden dies junge Weib ist, so herausfordernd keck das nächste. Die Rechte in die Hüfte gestemmt, in der Linken die Lampe zur Erde niederhaltend, schaut sie in Dreiviertelsprofilansicht so «schneidig» in die Welt hinaus, dass man auch ohne das Kostüm und den Federhut glaubt, die Bekanntschaft einer jener lustigen Marketenderinnen gemacht zu haben, die den Kriegern das einsame Lagerleben häuslicher machten. Ihr den Rücken kehrend, geht eine stolze Frau mit einer scharfen Kopfdrehung nach links. Das bauschige Kleid hebt sie mit der Rechten auf, während die Linke die leere Lampe mit achselzuckender Gleichgültigkeit hochhält. An der letzten Figur fesselt unser Auge besonders der anmutig geformte nackte linke Arm, dessen Hand die umgedrehte Lampe gefasst hat, mit einem Gestus, zu dem die ziemlich siegesbewusste Weise passt, mit der das Mädchen sich in fast voller Vorderansicht präsentirt.[1]

---

[1] Die zwei letzten Gestalten finden wir auf zwei farbigen glasirten Ofenkacheln im Besitz des kgl. Kunstgewerbe-Museums in

Lassen wir die zehn Figuren noch einmal vor unserem Geiste vorüberziehen, so wird sich eine leichte Monotonie nicht verkennen lassen, so brillant auch manche Gestalten herausgearbeitet, so hübsch viele Stellungen erfunden sind. Manuel begnügt sich damit, eine ihm im allgemeinen passende Pose mit einer neuen Nüancirung zu versehen; eine gewisse Armut der Phantasie, die wir aber angesichts der einzelnen herrlichen Mädchen- und Frauengestalten vergessen. So fein wie die ganzen Umrisslinien laufen, so ebenmässig sind auch häufig die Einzelheiten. Die Form des Antlitzes schwankt zwischen einem mehr mageren, spitzen Oval und einem rundlichen, jugendlichen Mädchengesicht. Die Hände sind schlank, ja manchmal sogar «elegant» in der Zeichnung. Sobald sie aber geschlossen sind, tritt eine bei Manuel nicht seltene unorganische und unschöne Bildung auf, dass nämlich die Handwurzel fast viereckig wird. Die Füsse sind wohlgestaltet, nur die Zehen sind zu bogenförmig gezeichnet und manchmal wie eingeschroben statt eingewachsen. Die Falten sind im allgemeinen sehr frei und zugig; nur wenn die Stoffmassen zusammengenommen oder vom Winde bewegt werden, bilden sich unruhige, an gekräuseltes Wasser gemahnende Fältchen.

Die Holzschnitttechnik ist eine meisterhafte und in deutlicher Nachahmung des Stiches gehalten. Sollten sie in Strassburg geschnitten sein? Dass Manuel selbst sie nicht geschnitten hat, dafür bürgt eben die Vollendung, die nur durch eine sehr lange Übung erlangt werden kann. So lange wir Manuel sonst keine Holzschnitte nachweisen können, müssen wir ihn nur als den Vorzeichner annehmen.

Berlin wieder. Hiedurch wird uns abermals ein interessanter Beleg für die Wechselbeziehung der Kunst und des Kunstgewerbes gegeben.

Passavant hat unserm Künstler noch eine Anzahl von Schnitten[1] zugeschrieben, von denen ich keinen einzigen anerkennen kann. In den Bordüren zu S. Münsters Geographia Ptolemais glaubte er Manuels Hand und Monogramm entdeckt zu haben. Ich habe jedoch nur die Monogramme N. K. und J. H. finden können. Die Art des Aufbaues der architonischen Details würde allerdings für Manuel gerade für das Jahr 1523 gut passen. Zweifelsohne hat Manuel aber in den späteren Jahren zu seinen Schriften die Titel gezeichnet. Zwei dieser Entwürfe sind uns erhalten; unter den andern Titelvignetten, die ich allerdings bei der grossen Zerstreutheit der Bände nicht alle zu sehen bekommen habe, konnte ich keine Manuels würdig erachten. Zudem habe ich noch zu bemerken, dass wir auch nicht für alle Schriften die ersten Originaldrucke haben und dass diese Werke ausserhalb Berns gedruckt sind.[2]

Durch diese Holzschnittfolge der zehn törichten und klugen Jungfrauen erhalten wir auch die Datirung für eine ganze Anzahl anderer Werke. In erster Linie wären zwei herrliche Zeichnungen mit dem Buntstift zu nennen, die stets die Bewunderung der Beschauer erregt haben. Beide Blätter sind Brustbilder.[3] Eines derselben ist ein Portrait, vielleicht das seiner Gattin. Das charaktervolle Profil zeigt jedenfalls echte Berner Züge. Eine leicht gewölbte Stirne, eine gerade Nase, ein voller Mund mit emporgeschnittener Oberlippe, um die ein leise hochmütig geringschätzender

---

[1] Betreffend Passavants Notiz über das Buch über den Jetzerhandel ist zu bemerken, dass Manuel dieses gar nicht geschrieben hat (cf. Bæchtold).

[2] In unmittelbare Nähe dieser Schnitte ist eine weiss gehöhte Zeichnung in Berlin zu setzen, die eine kluge Jungfrau zum Vorwurf hat.

[3] $U_{10}10^a$ und 10^b.

48

Zug lagert, ein vortretendes Kinn — Gesichtslinien, die unmittelbar naturwahr und überzeugend wirken, auch wenn man sie nicht heute auf der Strasse in der Bundesstadt studiren könnte. Dass aber dieser Kopf in der Tat 1518 entstanden ist, das wird durch die fünfte der klugen Jungfrauen zur Gewissheit erhoben. Ganz dieselbe Physiognomie, dieselbe Haar- und Kleidertracht haben wir so exakt zu konstatiren, dass der grosse Kopf fast als eine Vorarbeit für den Schnitt gedacht werden könnte. Das Pendant bildet ein junges Weib, dessen Haupt zurücksinkt und in dessen entblösstem Busen eine breite Stichwunde klafft. Entweder also wohl eine Studie zu einer Lucretia oder einer Thisbe. Die Bilder hiezu können wir aber, trotzdem dass uns diese Stoffe in Gemälden bewahrt sind, nicht nachweisen.

Eine Federtuschzeichnung in Bern ist 1518 signirt und monogrammirt. Wahrscheinlich ist aber die verdächtige Bezeichnung später übergangen; das Blatt ist unzweifelhaft echt und müsste auch dieser Zeit ungefähr zugeteilt werden. Als Gegenstand ist der St. Vincentius gewählt worden. Er steht unter gotisch gedachter Architektur in ruhiger en face Haltung da. Auffallend sind besonders die kurzen Locken und die grosse, kreisrunde Iris. Durch die Vergleichung hiemit muss Manuel eine Tuschzeichnung auf der Bibliothek in Bern Bd. I Nr. 10 zugewiesen werden. Unter einer reichen, aus Zweigen gebildeten Architektur stehen zwei Engel, die ein Wappen mit der Inschrift *IHS* halten. Beide Entwürfe waren für Glasfenster bestimmt. Die Tuschmanier ist wie die Federführung dieselbe. In der Behandlung des Pinsels ist eine noch nicht genügende Vertreibung, eine nicht völlig erreichte malerische Wirkung hervorzuheben.

Durch die Holzschnittfolge von 1518 sind wir fernerhin in die Lage versetzt, für eine Reihe von kleinen Handrissen die Entstehungszeit nachzuweisen. Sie schliessen sich so genau in der Strichelung usw. an jene Schnitte an, dass der Anschein erweckt wird, als ob sie in einer Art Rivalisirung mit der Technik des Schneidemessers gearbeitet wären. Es sind dies sechs Einzelfiguren.[1] Auf dem ersten der kleinen, nur 10 cm hohen Blättchen ist ein junges Mädchen mit langen Zöpfen gezeichnet, die uns den Rücken und den Kopf nur im Profil zudreht. Die Überschrift sagt: min dochter. Man hat auf des Künstlers eigenes Kind geraten. Dies ist jedoch unmöglich richtig, denn seine älteste Tochter Margaretha war bei seinem Tode, also etwa 12 Jahre später, erst 14 Jahre alt, während sie nach den Gesichtszügen schon jetzt etwa 18 zählen müsste. Der Ausdruck «Dochter» ist nicht anders zu nehmen, als wie er zur Stunde noch gebraucht wird, nämlich für «Mädchen» schlechthin. Die zweite Zeichnung hat dasselbe junge Weib zum Modell, diesmal im kurzen Kleid, mit Dolch und Federbarett, die Linke hat sie in die Hüfte gestemmt. Es folgt der «küng» mit Scepter und Krone. Blatt vier gibt ausnahmsweise zwei Figuren. Ein Eidgenosse in kühner Haltung nach rechts in Dreiviertels-Vorderansicht spricht, die Linke auf die Hüfte gestellt, mit der Rechten seine Lanze haltend, zur «Justitia». Dieselbe trägt in der linken Hand das Schwert, dessen Spitze nach oben gerichtet ist, während sie in der Rechten die Wage führt. Ein Schleier verbindet die Augen, der aber so dünn ist, dass der Blick durchzudringen vermag. Zufall oder Satire? Auf der fünften Zeichnung hat Manuel einen sehr lebhaft sprechenden Eidgenossen mit kernigen Strichen hingeworfen. In dreiviertel en face Stellung scheint dieser junge, reich gekleidete Kriegsmann, dem sein Federbarett

---

[1] $U_{10}{}^{27-33}$.

auf dem Rücken hängt, mit irgend jemand zu unterhandeln.
Desto stiller und bedächtiger ist der «Bettler», der die
Arme ruhig über einen an die Brust gelehnten Stab ver-
schränkt und den linken Fuss abwartend auf den rechten
gestellt hat. Den Schluss bildet, wie überall, der Nähr-
stand, der «Pur». Fast ganz in voller Vorderansicht,
nur den Oberkörper ein wenig nach rechts umbeugend,
blickt er gespannt nach etwas hinter ihm um, zu welcher
Haltung die Gelassenheit, mit der er beide Hände in den
Gürtel gesteckt hat, merkwürdig kontrastirt. In einem
Atem mit diesen Federzeichnungen ist noch eine andere
U 9[36] zu nennen, «Rosendorn und Richter», zwei an-
scheinend in einen regen Disput verwickelte Männer. Zur
Linken steht en profil nach rechts mit vorgesetztem rechten
Bein ein Mann, der mit einem Mantel bekleidet ist. Mit
seiner Rechten greift er in eine Geldtasche, während er
mit der andern Hand bescheiden seine Kappe gezogen hat.
Mit dem Zeigefinger der Linken deutend, spricht er lebhaft
auf sein Gegenüber ein, den die Mütze, die «Schaube»,
der Stab als einen vornehmen Herrn kennzeichnet. Er gibt
eine Antwort, die der Gestus seiner Linken unterstützt.
Endlich wäre noch ein barhäuptiger Mann, U$_0$[37], zu erwähnen, unter dessen Mantel der Griff eines kurzen
Schwertes hervorlugt, und der ebenfalls in redender Weise
die linke Hand erhoben hat.

Alle Blätter sind technisch sehr vollendet. Die Linienführung ist sicher, frei und kräftig. Hiezu passt vollkommen
das gesunde, kraftstrotzende Leben, das sie durchdringt,
das sich besonders in den feinsten Interpreten der Gefühle,
den Händen, wiederspiegelt. Gerade diesen fühlt man an,
dass der Künstler eine vorzügliche Begabung für die Be-
obachtung seiner täglichen Umgebung besass, deren charakteristische Eigenarten er zu erfassen wusste. Manuel

ist niemals grösser, als wenn er aus dem ihn umflutenden Lebensstrom seine Stoffe unmittelbar nehmen kann. Mit welcher Freude er aber aus diesem Schatze schöpfte, beweist nichts genauer als sein Skizzenbuch,[1] das uns durch einen glücklichen Zufall erhalten ist. Es umfasst allerdings nur eine kurze Spanne Zeit, etwa zwei Jahre. Das, resp. die Büchelchen sind jetzt in zwölf einzelne Tafeln auseinandergelegt. Es sind Holzplatten, die mit Kreide grundirt und auf denen mit einem Silberstift die Entwürfe eingegraben sind. Auf dem ersten Blatte sehen wir sechs Männer in zwei Reihen über einander zu dreien angeordnet. Es sind dies fünf Landsknechte und ein Bürgersmann. Blatt 2: in der obern Reihe drei Frauen, Italia, «Frause» und Hispania; in der unteren sitzt ein junges Weib, auf deren linkes Bein ein jugendlicher Landsknecht, der sich neben sie gelagert hat, sein Haupt stützt. Weiter nach rechts führen auf einer Bank zwei junge Menschenkinder, ein flotter Krieger und ein Mädchen, zärtliche Zwiegespräche. Ganz rechts umarmt und küsst ein Eidgenosse ein Weib. Blatt 3 gibt eine Reihe von Entwürfen zu heiligen Bildern. Einen Christophorus, auf dessen Haupt der kleine Christus gewichtig tront, St. Georg, den Lindwurm durchbohrend, und St. Sebastian; in der untern Reihe Jaco (bus), Johannis der Evangelist und St. Antonius. Das vierte Blatt enthält in vier Reihen über einander blutige, ungemein wahrheitsgetreue Kämpfe. Auf der folgenden Platte stehen in der bekannten Anordnung je drei junge Frauengestalten. Es folgen in drei übergeordneten Reihen ornamentale Entwürfe. Auf Blatt 7: St. Katharina, St. Barbara, St. Ursula oben, unten Christus als Schmerzensmann, die Madonna, die das Kind in inniger Liebe herzt, endlich eine sehr schöne St. Anna selbdritt.

---

[1] Handzeichnungensaal 47. Photographirt von Braun in Dornach.

Aus dem heiligen Gebiete werden wir direkt in die heidnische Götterwelt versetzt. Hekate soll wahrscheinlich ein junges nacktes Weib vorstellen, das, doppelköpfig, aus einer Kanne Wasser oder Wein in einen Becher giesst. Daneben steht eine junge unbekleidete Frau, die auf einer Leier spielt, und ein Kriegsmann. In der untern Abteilung balancirt eine Venus auf der linken Handfläche einen pfeilschiessenden Amor. Daneben steht Juno mit Schild und Schwert und die Pallas mit einem Becher. Auf Blatt 9 sind je drei Landsknechte auf schwarzem Grunde gezeichnet. Auf der nächsten Seite entwickelt sich das lustige Treiben kleiner Knaben. Zwei bekämpfen sich, auf Schnecken heranreitend, mit Speeren, andere gehen zu Fuss mit bebänderten Thyrsosstäben «los». Dritte endlich musiciren mit einander. Blatt 11 hat Manuel mit sieben Skizzen nach nackten Frauen bedeckt, die teilweise mythologischen, teilweise allegorischen Inhaltes sind. Die zwölfte Tafel führt uns Scenen aus der Schlacht, aus dem Lagerleben, aus den Marschtagen vor die Augen in so überzeugender Weise, wie sie eben nur einer geben konnte, der alles miterlebt hatte. Die zwölf Rückseiten sind nicht minder mannigfaltig in ihren Vorwürfen. Der für einen Berner doppelt anziehende Gegenstand kletternder Bären ist in zwei vertikalen Streifen auf Blatt 1 in lustiger Weise verwertet worden. Auf Blatt 2 plaudern zwei Männer (auf schwarzem Grunde) mit einander. Dann folgen Tafelaufsätze, in deren Absätzen und Ranken reizende kleine Knaben und Amoretten klettern. Auf einem der Gefässe steht 13⊙?. Auf dem nächsten Blatte führen nach der Musik eines Dudelsackpfeifers Bauern auf Ranken einen Tanz aus. Auf eben solchen zarten Postamenten klimmen auf der folgenden Seite kleine Amoretten herauf und herunter — stolz auf Schnecken einherkommend. In der oberen Reihe des Blattes spricht ein Landsknecht mit einer jungen Frau, während neben ihm der Tod ein Mädchen zärtlich begrüsst. In der untern Abteilung korrespondiren mythologische Scenen. Auf Blatt 7 wohnen wir den Schrecknissen der Erstürmung einer Stadt bei, um auf dem folgenden die unheimliche Macht des Todes mitten im Frieden kennen zu lernen. Ein blondgelocktes Mädchen — ausnahmsweise ist der Entwurf kolorirt auf schwarzem Grunde — ringt klagend die Hände, denn der Tod kriecht, das Stundenglas auf dem Rücken, unter ihr Kleid. Noch einmal haben wir auch des Meisters Petz Kletterkunststücke auf schwanken Ranken zu bewundern. Blatt 10 enthält eine Hirschjagd durch Schlingpflanzen hinauf und hinab. In eben demselben Ideeengang lässt der Künsler auf Blatt 11 und 12 Knaben und Bauern auf diesen luftigen Gebilden sich herumtummeln und tanzen.

Gewiss eine Fülle der heterogensten Stoffe nebeneinander. Motive aus dem Schlachten- und Liebesleben der Landsknechte vertragen sich mit solchen aus dem Reiche der Götter, wie aus dem Kreise der Bauern und Knaben. Allegorische Vorwürfe, wie realstes Sein — alles gleichermassen von einer seltenen Fülle der Phantasie, dem grössten Interesse und einer gesunden, scharfen Auffassung zeugend. Die einzelnen Figuren und Scenen sind natürlich in ihrem Werte ungleichartig, aber im allgemeinen stehen sie sich doch so nahe in innerer wie äusserer Vollendung, dass sie, wie schon bemerkt, nur einen kurzen Zwischenraum in der Entstehung der ersten wie der letzten Zeichnung zulassen. Die Ziffer 13⊙? auf Blatt 3 (15) ist von Grüneisen a. a. O. 1502 gelesen. Dies ist jedoch aus mehr wie einem Grunde absolut unmöglich. Manuel macht niemals die « 5 » in dieser Form, wohl aber schreibt er so die « 3 ». Ferner würden stylistische Bedenken zu erheben sein. Der Künstler hat überhaupt gar keine bestimmte Zahl angeben, sondern nur andeuten wollen, dass an dieser Stelle auf den betreffenden Tafelaufsatz eine Verzierung anzubringen sei. Wir dürfen vielmehr nach Analogie der früheren Zeichnungen dies Skizzenbuch etwa 1518—1520[1] datiren. Hiefür sprechen zunächst einige stylistische Eigentümlichkeiten, sowie einzelne später zu erörternde Gemälde, für die in diesem Büchelchen die ersten Skizzen zu finden sind. Die Gewandungen sind in den besten Skizzen viel freier als in den Holzschnitten von 1518, die Schattirungen sind ferner leichter und ungezwungener, die nackten Körper flüssiger und organischer in den Linien. Gerade an den unbekleideten Frauen lässt sich der starke Fortschritt nachweisen, den unser Künstler im Laufe der ca 14 Jahre getan hat. Aber nicht nur ein solches, mehr äusseres Interesse gewähren uns die seit dem Beginn der künstlerischen Tätigkeit auftauchenden nackten Frauengestalten, sondern auch ein weitergehendes, inneres. Manuel ist mit einer der ersten Künstler, der das jenseits der Alpen so leidenschaftlich gepredigte und gehörte Evangelium vom menschlichen Körper diesseits der Berge begeistert wiederholt. Durch seine vielen Zeichnungen und Gemälde nach dem weiblichen Akt geht eine naiv-künstlerische, warme Freude hindurch. Seine Körper sind nicht so vollendet in der Form, wie die der grossen Italiener, aber es flutet dennoch ein verwandtes Empfinden durch sie, weil der, der sie schuf, von gleich hohen und idealen Gedanken beseelt war. Gerade zu Beginn des XVI. Jahrhunderts war in den Nachfolgern der grossen Meister, besonders Dürers, diese Lust an

---

[1] In eben diese Zeit ist ein Weib mit einem Pflug (Bd. I, 8, Wappen von Mühlhausen 1521 signirt [echt?], I, 38 auf der Bibliothek in Bern; [U₇⁵⁰⁻⁵³,U₉³⁵]) zu setzen; ebenfalls ein Landsknecht en face, Feder, in Dresden bez. mit Dolch; Basel, Kunstverein: Versuchung des heiligen Antonius.

dem Edelsten und Kostbarsten, dem ein bildender Künstler
sein Schaffen weihen kann, dem nackten menschlichen
Leibe, erwacht. Dass es der weibliche Körper war, dem
die Hauptaufmerksamkeit gewidmet wurde, wird jedem,
der die Entwicklung der Künste kennt, nur natürlich erscheinen. Der charaktervollere und in dieser Hinsicht
schönere männliche Körper war in der Frührenaissance
von der Skulptur, die sich früher als die Malerei völlig
den « heidnischen » Stoffen hingegeben hatte, ausschliesslich
fast bevorzugt worden. Je malerischer der Sinn wurde, um
so bestimmter musste der weibliche Akt hervortreten, der
einen schon routinirteren Meissel, vornehmlich aber den
Pinsel verlangt. Dass endlich bestimmte Veränderungen
in der Kulturbewegung mit massgebend waren, ist selbst-
verständlich. Wenn also Manuel das nackte Weib einzig
— soweit unsere Kenntnis dies sagen darf — künstlerisch
verwertet hat, so folgte er, wie die andern Künstler, den
Ideeen seiner Zeit und man würde sehr im Unrecht sein,
wenn man in Anknüpfung an jenes alte Vorurteil ihn hier
irgend eines anderen Gedankens bezichtigen wollte. Es
beweisen diese Arbeiten nur aufs neue, wie fest und innig
die Verbindung unseres Künstlers mit den Anforderungen
seiner Epoche waren. Sie legen aber auch dar, dass eine
ganz andere Sonne das Land der Kunst im Norden zu
erleuchten begann. Herzerquickende, kernige und gesunde,
so recht von Grund aus erfrischende Sinnlichkeit, Lebenslust und Freudigkeit ist mit diesen alten Göttern, mit
diesen «Nuditäten» über die Alpen geflogen gekommen.
Nichts dokumentirt unwiderlegbarer, dass Manuel ein
«Renaissancemensch» ist, als derartige Werke. Die bedeutendste Anregung erhielt natürlich unser Künstler von
sich aus, einen Teil derselben, den mehr äusseren, aber
von Hans Baldung gen. Grien. Kaum von irgend einem

anderen Meister dürften so viele Blätter nach dem Nackten zusammengebracht werden können, wie von diesem. Baldung hat, ausgehend von dem Dürerschen Körperideal, sich ein selbständiges geschaffen. Dies zeigt im ganzen mehr untersetzte Proportionen, einen rundlichen Kopf, volles Oval, einen ziemlich kurzen starken Hals, breite, ein wenig abfallende Schultern, mittelgrosse, etwas weiche Brüste, kräftige, aber abgerundete Hüften, wohlgeformte und fleischige Beine, die am Knie stark eingezogen sind, kurze und breite, aber elegant gestellte Füsse. Eben diese leicht erkennbare Bildung finden wir bei Manuel wieder, sobald er nicht direkt auf Naturstudium beruhende Akte zeichnet. Hiemit soll nun absolut nicht behauptet sein, dass er die Grienschen Frauen unter seinen Entwürfen nicht auch nach der Natur niedergeschrieben hat, aber er ist dann, wie es jeder Künstler tut, von der Vorlage insoweit abgewichen, als es ihm für sein inneres Ideal notwendig erschien. Im andern Falle hat er sich aus diesem oder jenem Grunde sklavischer an sein Modell gehalten. Wir sehen dann dünne, magere und grobknochige Gestalten, mit platten, mit den Versen auftretenden Füssen, deren Zehen ein wenig emporgerichtet sind. Im engsten Connex mit den Aktgestalten des Skizzenbuches stehen fünf Federzeichnungen[1] auf schwarzem Grunde nach jungen unbekleideten Frauen. Diesen schwarzen Hintergrund fanden wir bereits mehrfach im Skizzenbuch — ob Grien, der es liebte, einen farbigen, ja auch direkt schwarzen Hintergrund zu wählen, für Manuel auch in diesem Punkte massgebend war, ist immerhin möglich, da das Abheben der Figuren von der schwarzen Farbe in der deutschen Kunst sonst sehr selten ist. Was die Bedeutung der Einzelgestalten

---

[1] U$_{10}$$^{11-15}$.

betrifft, so sind es zum Teil einfache Studien, zum Teil auch abgeschlossene Zeichnungen, z. B. ein junges Weib mit einer Spindel oder eine andere mit einem Szepter, auf dem ein Apfel steckt.

Leider ist uns nur in ganz verschwindend kleinem Masse die Gelegenheit geboten, zu den Zeichnungen die Gemälde, diese lebendigen und interessanten Wechselbeziehungen festzustellen. Für das Bild des Paris-Urteiles in Basel sind wir in der Lage. Figur 4 auf Blatt 11 des Skizzenbuches scheint der Haltung und Kolorirung nach eine Studie zu der Venus zu sein; ebenso weisen einzelne der zuletzt besprochenen Akte ähnliche Stellungen auf. Wir erhalten hiedurch einen leichten Anhaltspunkt für die Entstehungszeit des Gouachebildes, indem solche Entwürfe wenigstens beweisen, dass der Künstler sich mit ähnlichen Gedanken trug. Eine Datirung, die gefestigt wird durch den unleugbar höheren Grad der technischen Vollkommenheit vor derjenigen der Pyramus-Darstellung.

Rechts sitzt im Walde an einen Buchenstamm gelehnt «Paris von Troy der Torecht». Vor ihm steht in ein dünnes, schleierartiges Gewand gehüllt eine wenig verführerische Venus, die lebhaft auf ihn einsprechend den Apfel hält. Ihr Helfershelfer Amor schiesst aus der Luft einen Pfeil ab. Etwas zurück präsentirt sich mit Schild und Schwert, das Haupt schamhaft neigend, die Athena, während zwischen beiden, ein wenig zurückgetreten, Juno, völlig im Zeitgeschmack bekleidet, der Athena zuzureden scheint. Paris' Antlitz gibt die geistvollen Züge Manuels. Weshalb Vögelin in diesem Bilde eine «symbolische Beziehung auf den Künstler» vermutet, ist nicht gut einzusehen. Es ist ein Gemälde, dessen Inhalt nichts Exceptionelles an sich hat und das durchaus keiner individuellen Deutung bedürftig ist.

Die Erhaltung des Bildes ist nicht vollkommen, indem die Partien der Bäume oben neu sind. Die Signirung befindet sich am Buchenstamm. Die Zeichnung ist schwungvoller, aber leidet an grossen Unschönheiten, namentlich in den nackten Frauen. Paris selbst ist unstreitig die beste Figur. Die Malerei ist vertreibender, aber wenig harmonisch in der Farbenstimmung. Das Fleisch ist weisslich mit rötlich-braunen Schatten. Die Gewandung ist bei der Juno und dem Paris zeitgenössisch, die der Venus besteht, wie die der Thisbe, in einem durchsichtigen Hemde. Sollte hier eine in einem Roman oder sonst irgendwo gefundene Notiz von den «Koischen Gewändern» die Anregung gegeben haben?

Elf tanzende [1] Bauernpaare gesellen sich als Geschwisterkinder zu denen aus dem Skizzenbuch, wie Technik und geistiger Charakter verraten; namentlich treffen wir wieder diese unmittelbare Lustigkeit an. Mit Holbeinischen Arbeiten verglichen, überraschen sie trotz aller Natürlichkeit durch eine feinere Auffassung. Die Umrisszeichnungen von Bauerntänzen in Basel, die nur aus den oben erwähnten einzelnen Paaren zusammengesetzt worden sind, haben mit Manuel nichts zu tun, sondern sind spätere Kopien.

Aus dem Jahre 1519 sind uns im Rathaus in Basel 15 Glasgemälde gerettet, die auf Manuel in der Zeichnung zurückgehen. Der Erste, der auf diese Scheiben aufmerksam machte, war Lübke in Zahns Jahrbüchern I, p. 25. Vögelin hat von neuem diese Frage untersucht und, allerdings leider ohne nähere Gründeangabe, eine Anzahl der Glasbilder unserem Künstler zugeschrieben. Ich folge in den Werken, in denen ich des Künstlers Hand erkenne, der Beschreibung meines gelehrten Vorgängers.

---

[1] U₇ 108—118.

« 1. Zürich: Das Wappenschild von Löwen gehalten, in einem Rundbogen, dem ein Renaissancerahmen mit sehr phantastischen Säulen vorgelegt ist. Oben halbgotisches Blattwerk, in welchem Genien klettern, spielen etc. Im unteren Fries acht Knaben, Purzelbäume schlagend etc. Jeder hat um den Leib oder um die Beine Reife oder Schnüre mit Schellen. Die Landschaft zeigt hohe blaue Berge und grünen Vordergrund. »

« 2. Bern, Gegenstück zu Zürich. Das von Bären gehaltene Wappen steht unter einem gotischen Bogen mit gotischem Rankenwerk, in welchem zwölf Bären sich herumtummeln und Purzelbäume schlagen. Diesem Bogen sind zwei auf Bären gestellte kandelaberartige Renaissancesäulen vorgesetzt, an welchen Bären hinaufklettern. In den Zwickeln Blattwerk mit je einem fliegenden Engel und stehende musicirende Bären. Die untere Leiste zeigt in fünf Gruppen eine Bärenjagd, die Landschaft hohe blaue Berge mit grünem Vordergrund. »

Luzern ist in der Zeichnung und in den Bildungen der einzelnen Formen für Manuel zu derb. Die Ornamentik ist ganz gegen den Manuelschen Geschmack, die Proportionen der Schildhalter zu schlank. Uri wohl Grafs Werk. Schwyz dagegen ist Manuelisch, wenn auch vom Glasmaler etwas verdorben: «Zwei Geharnischte mit roten Schärpen, auf welchen weisse Kreuze, stehen zwischen zwei phantastischen kandelaberartigen Säulen. Zwischen diesen ist reiches Renaissanceblattwerk mit blasenden und kletternden Genien, auch Cherubsköpfen; in der Mitte ein Täfelchen mit 1519, darüber der für Manuel charakteristische Cherubskopf, den Holbein von ihm her hat (?). Im untern Fries Rankenwerk mit Hasen. Landschaft: Vordergrund, Waldgrün mit Kapelle, links hoher Fels mit Bäumen, rechts Schloss und Gebirge.» Unterwalden erscheint mir zweifelhaft, aber es ist immerhin nicht unmöglich, dass wir Manuels Hand die Visirung verdanken. «Zwei Greife mit Bocksfüssen stehen zwischen zwei phantastischen Säulen. Oben gotisches Blattwerk, dem vier musicirende und zwei andere nackte Halbfiguren entwachsen. Der untere Streifen hat ein grosses Blattornament, die Landschaft zeigt im Hintergrund Berge, links einen grossen Baum, rechts ein Schloss, im Vordergrund vermischte Motive.» Zug und Glarus sind gewiss nicht von Manuel; dagegen möchte Freiburgs Wappen trotz einzelner fremder Dinge doch Manuel angehören. «Zwei Mohren als Wappenhalter im reichsten Landsknechtkostüm mit Hellebarden, der eine in Gelbschwarz gekleidet, der andere (neu) von oben bis unten rot-weiss gestreift, beide mit offenem weissen Hemd. Sie stehen zwischen zwei in Blattwerk aufgelösten Pfeilern, an denen man je eine nackte, zugleich blasende und Trommel schlagende Figur erblickt. Oben Laubwerk, in welchem bekleidete Männer mit Schellenringen klettern und tanzen. Unten Streifen mit Laubwerk. Landschaft: See mit bewaldeten Ufern, rechts ein Schloss, links ein Baum. Der gelbe Hellebardier und die ganze obere Partie gewiss nach Manuel. Wenn die Scheibe wirklich von Manuel ist, was trotz der etwas auffälligen Schlankheit des Wappenhalters und der reichlich schweren Zeichnung der Ornamentik möglich ist, so sind alle Teile von derselben Hand. Basel, St. Gallen Stadt, Abtei St. Gallen — welches Wappen auch Vögelin Urs Graf zuteilt — und Appenzell sind nicht von Manuel,» wohl aber Schaffhausen. «Zwei Böcke, der rechts bewaffnet und mit Federbarett, stehen zwischen zwei kandelaberartigen Pfeilern, über welchen reiches Blattwerk mit kletternden Genien. In der Mitte eine Tafel: 1519. Landschaft: rechts ein sehr ausgeführter Wald, links Schloss an einem Wasser mit Brücke. Unterer Fries: sieben Bauern

mit Heugabeln, Rechen, Dreschflegeln etc. hinter dem Fuchs
herlaufend, der die Gans gestohlen. Im Eifer stolpern sie
fast übereinander. Diese Scene ist von höchster Lebendig-
keit, aber durchaus nicht im Styl Holbeins, sondern vielmehr Manuels, von dem auch die Komposition der ganzen
Scheibe stammt.» Für zwei der Scheiben können Entwürfe aus dem
Skizzenbuch herzugezogen werden. Wir finden hier die
Knaben aus dem Zürcher Wappen in ähnlicher Anordnung
wieder. Genauer aber haben die tanzenden und kletternden
Bären des Berner Wappens ihr Analogon. Hiedurch haben
wir auch, nebenbei bemerkt, wiederum rückwärts eine
relative Sicherheit für die Datirung des Skizzenbuches gewonnen. Besonders prägnant ist die Bildung der architektonischen Details. Die Säulen sind nicht der Architektur,
sondern ganz offenbar dem Kunsthandwerk, am ehesten
der Goldschmiedekunst entnommen. In ausgezeichneter
Weise ist dies an den von Bären gestützten Pilastern im
Berner Stadtwappen zu beobachten. Zum Schluss sei noch
kurz der Blattbildung in den Ornamenten ein flüchtiger
Blick geschenkt. Das Blattwerk ist bei Manuel stark in
einander verflochten und fast überladen. Das einzelne
Blatt ist spitzig auslaufend, aber voll und aufliegend in der
Formation. Die Zierlichkeit der Erscheinung wird durch
die zarte Strichführung gewahrt. Diese Einzelheiten sind
so deutlich sichtbar, dass sie allein schon zu einer fast
untrügbaren Handhabe bei der Sonderung Manuelscher
Arbeiten von andern genügen.

Zu diesen gemalten Visirungen gehört in der Zeitfolge
eine zwar unecht bezeichnete, aber dennoch Manuel bestimmt
zuzuweisende Federzeichnung, die sich auf der Berner Bibliothek Bd. I, 9 befindet. In strengen, kräftigen Linien sind
zwei heraldisch stylisirte Bären als Wappenhalter entworfen.

Aus diesem Verkehr mit Basel wird wohl die eigen-
tümliche Erscheinung zweier Blätter[1] ins richtige Licht
gestellt werden, die man ohne Bezeichnung zweifelsohne
als Urs Graf ansprechen würde. Sowohl in der fast über-
feinen Schraffirung, wie in den ungewöhnlich schlanken
Körperproportionen verrät sich eine Einwirkung des bekannten Goldschmiedes von Basel. Es ist vielfach von
einer Einwirkung Manuels auf Graf die Rede gewesen —
ich habe bislang nur das umgekehrte Verhältnis konstatiren
können. Diese Zeichnungen sind dem Sammelband U 10 unter
Nr. 16 und 17 einverleibt. Auf der ersten hat unser
Künstler eine seltsame Architektur aufgebaut, deren Bogen
und Säulen aus Früchten und Blättern zusammengesetzt sind.
Eine blutige Schlacht schlagen Landsknechte auf dem Bogen;
unterhalb desselben sitzt ein junges Weib, das Wappen der
Steiger bewachend. Um ihr Haupt stehen die Worte geschrieben: wils wol so gratz. Auf dem zweiten Entwurf
spricht ein junger Kriegsmann mit einer ernst darein-
blickenden Jungfrau.

Den weitesten Ruhm trugen Manuel bei seinen Zeitgenossen die grossen Fresken zum Totentanz ein, ein
Werk, das in neuerer Zeit zu vielen Disputen Veranlassung
gegeben hat. Zunächst bietet schon die Datirung viele
Schwierigkeit. Grüneisen schwankt von 1514—1522. Nach
unserer bisherigen Klarlegung des allmäligen Reifens der
künstlerischen Vollkommenheiten Manuels können wir nur
die Jahre von 1517 bis Ende 1521 in die Untersuchung
hineinziehen.

---

[1] U10[16—17]. Aus eben dieser Zeit ein junges Weib nach links
(Halbfigur, Allegorie der Zeit und Liebe [?]) in Dresden, bezeichnet
N. M., Feder.

Scheurer[1] berichtet a. a. O.: «Der Todten-Tanz by der Prediger, jetzt französischen Kirche geheissen, an der Mauer des vormahligen Dominikaner-Gartens, so dissmahlen der Todten-Kirchhoff ist.» Diese Mauer wurde «um Erweiterung der Gassen willen» im Jahr 1660 abgebrochen und somit steht die Stelle vollkommen fest. Denn diese Mauer ist auf dem alten Stadtplane von Bern von 1583 und auf der Ansicht Berns in Merians Topographie völlig klar zu erblicken. Aus diesen Aufnahmen ergibt sich mit Bestimmtheit, dass der Totentanz auf der inneren, dem Kloster zugekehrten Wandfläche gemalt, also nur für die Mönche sichtbar war. Von der Hegnerschen[2] und ·Grüneisenschen Ansicht, dass sich «dort im Klostergarten längs der Mauer eine bedeckte, die Malereien schützende Halle hingezogen habe, deren Sockel, Stützen und Durchblicken der Sockelmauer, die Bogen und Säulen auf den Wandbildern entsprachen», kann ich dem zweiten Teil in keiner Weise beistimmen. Diese Art Säulen mögen in Malereien und in kunstgewerblichen Arbeiten, in denen wir sie häufiger antreffen, gestattet sein; in der realen architektonischen Ausführung sind solche gebauchten Säulen als Träger eines schweren Rundbogens überhaupt sehr problematisch, um das Jahr 1517—1520 diesseits der Alpen in solcher

---

[1] Albert Kauw hat im Jahre 1649 eine Gouache-Kopie von dem Totentanz gemacht, die im Besitze der Familie Manuel ist (jetzt im historischen Museum in Bern ausgestellt). Nach dieser Kopie ist dann von Stettler eine neue hergestellt worden (jetzt im bernischen Kunstmuseum), die der lithographischen Ausgabe (1823) wiederum als Vorlage diente. Bevor jedoch Kauw die Kopie malte, waren die Fresken schon 1553 von Urban Wyss erneuert worden, um dann im Jahre 1660 mit der Mauer vernichtet zu werden (Scheurer a. a. O. p. 225; Grüneisen a. a. O. p. 164 haben den Druckfehler 1560, den Vögelin a. a. O. p. LXXXI korrigirt hat).

[2] Hegner: H. Holbein 298, Grüneisen a. a. O.

Verwendung gewiss völlig undenkbar. Dienen diese Säulen-
bildungen also nicht dazu, unsere Vorstellung von der äusseren Wirkung des Totentanzes im Zusammenhang mit der
Architektur zu vervollständigen, so geben sie uns dennoch
einen wichtigen Fingerzeig für den Terminus, *bis* zu dem
wir nur gehen dürfen in unseren zeitlichen Fixirungen.
Dieses Ultimo fällt Ende des Jahres 1521. Im Anfang des
nächsten Jahres gewiss, vielleicht aber schon Ende 1521
war Manuel in Italien. Es ist schlechterdings unmöglich,
dass ein Künstler mit architektonischem Verständnis, der
Italiens reine Architektur gesehen, studirt hat, eine solche
«Klempnerarbeit» machen konnte. *Er hat auch späterhin
die architektonischen Details nicht mehr so gezeichnet.* Teils
unter dem eben beregten Einfluss, teils unter dem von
Hans Holbein, lassen seine jüngeren Werke eine relativ
reine Renaissance sehen. Anderer stylistischer Bedenken
einstweilen zu schweigen, sei hier nur noch auf einen Punkt
aus dem privaten Leben Manuels aufmerksam gemacht. In
einem Brief vom 2. April 1522 erbittet unser Künstler vom
Rate der Stadt Bern die Grossweibelstelle mit der Begründung, dass ihn sein Handwerk nicht «ertrage.» Im
Jahre 1523 nimmt er die Landvogtei in Erlach an. Wie
sollte aber ein Künstler, der mit einem so umfangreichen
Cyklus beschäftigt ist, daran denken, seine Kunst zu verlassen, weil sie ihn nicht ernähre? — Wir hätten also den
Schluss des Jahres 1521 als Terminus «bis» anzuerkennen.
Wann aber begann Manuel dies Werk? Vor 1517 kann
man aus früher begründeten stylistischen Rücksichten nicht
zurückgehen. Sind seine Gemälde der Lucretia und Bathseba auch vortrefflich, sie sind denn doch noch zu befangen,
als dass vor ihnen schon ein so monumentales Unternehmen
fallen könnte. Besser passt die Umarmung des Todes und
der Dirne. Dies Bild dürfte später als die Lucretia — wie

wir annahmen circa Ende 1517 — gemalt sein. Hiemit würde uns der Anfangspunkt für die Ausarbeitung der Fresken gegeben sein. Jene Umarmung des Todes ist sicherlich aus einem Sinne geflossen, der dies Thema schon einige Zeit mit sich herumgetragen hatte — ein Produkt der Vorbereitungszeit oder der begonnenen Schaffenszeit am Totentanz. Im Skizzenbuch finden wir dann auch diese Gedanken auftauchen, was immerhin dafür geltend gemacht werden darf, dass Manuel sich in diesen Jahren mit den Todesbildern besonders beschäftigte. Endlich muss beachtet werden, dass in einzelnen Scenen wie in sonstigen Details, mehr in den ersteren Bildern als in den letzteren, sich ein starker Einfluss Dürers bemerkbar macht. Namentlich die Austreibung aus dem Paradiese ist unter sehr enger Benützung des «Sündenfalles» von Dürer entworfen worden. Die Treue, mit der Kauw hier kontrolirbar nach seiner Vorlage gezeichnet hat, lässt uns auch für andere Dinge ein sichereres Urteil zu. Die Gewandung ist ebenfalls im Faltenwurf noch in der früheren unruhigen Weise; endlich sind die Verkürzungen in der eigentümlichen Ungeschicklichkeit, wie sie sich z. B. in dem Pyramusbild dokumentirten. Wir werden dadurch etwa auf die Übergangsperiode von Dürer zu Baldung hingewiesen. Zu diesen stylkritischen Beweisen kommen rein äusserliche. Unser Künstler präsentirt sich auf der als zuverlässig erfundenen Kopie als ein Mann von höchstens 33—35 Jahren. Eine Schätzung, die ein Blick auf sein Selbstbildnis aus seiner letzten Lebenszeit nur bestätigen kann. Ebenso ist der Ritter Kaspar von Mülinen im «Herzog» in einem Alter von circa 40 Jahren. Er wurde aber 1480 geboren.

Fassen wir alles zusammen, so ergibt sich, dass einerseits Manuels Entfernung von Bern die Entstehung nach 1523, die Anwendung unrichtiger architektonischer Formen nach seinem Aufenthalt in Italien diejenige nach Ende 1521 nicht möglich erscheinen lässt, anderseits die technische und geistige Vollkommenheit uns nicht vor 1517 zurückgehen lassen darf, die allgemeine Vorherrschung des Dürerschen Einflusses uns aber auch wiederum nicht bis in die Zeit der vollen Herrschaft Griens vorzurücken erlaubt. Wir hätten also als Entstehungszeit die Jahre circa 1517 bis circa 1519/20 anzunehmen. Eine Dauer, die sehr kurz wäre, sofern Manuel wirklich vollkommen aus seinem eigenen Innern hätte alles herausschaffen müssen. Dies ist aber nicht der Fall, sondern er empfieng unmittelbar Hilfe von dem Gross-Baseler Totentanz und dem «Dotendanz mit Figuren» und einem Lübeckerdruck von 1496.[1] Von Basel empfieng er auch die Verse, die er nun allerdings teilweise stark ver-änderte. Er richtet in diesen sehr heftige Angriffe gegen das Papsttum. Und diese Worte waren immer das bedeutendste Hindernis für eine frühere Datirung des Werkes. Trotzdem würden sie mit Ausnahme der Ausfälle gegen Papst und Kardinal aus dem Charakter der Epoche zu erklären sein. Vielleicht aber auch diese zwei, wenn man erwägt, dass der Papst die Züge Leos X. hat. Er und seine Kardinäle führten ein Leben, das auch in kirchlichen Kreisen Anstoss erregte. Dass man zudem in dem Bettelorden in Bern seit dem Jetzerhandel nicht gar zu freundlich nach Rom blickte, ist wohl auch denkbar. Endlich passt der Geist dieser Worte sehr für diese Zeit Manuels, der 1522 das Gedicht vom Papst und seiner Priesterschaft niederschrieb.

Da ich dem kurzen, aber völlig erschöpfenden Abschnitt in Vögelins Abhandlung über unseres Künstlers Toten-tanz nichts Wesentliches hinzuzufügen habe, so gebe ich im folgenden die Worte dieses Gelehrten wieder. Er sagt

---

[1] W. Wackernagel: Der Todtentanz. Kleinere Schriften, I, 358.

pag. LXXXVI ff.: «Den Gross-Baseler Cyklus eröffnete der «*Prediger*», welcher der aus allen Ständen gemischten Menge die nun folgenden Todesbilder und das jüngste Gericht vor Augen stellt. Letzteres ist versinnbildlicht durch das Beinhaus, dem beim Schalle der Trompete und anderer Instrumente die Todten entsteigen. Im Giebelfeld sieht man den Weltenrichter, den Himmel und die Hölle gemalt. Manuel stellt den Prediger ans Ende der Serie; das Beinhaus behält er zwar an der Spitze der Todesgruppen bei, doch mit veränderter Bedeutung und in mehr humoristischer Behandlung. Als ernste Eröffnung des Ganzen aber stellt er demselben die biblischen Bilder der Austreibung der ersten Eltern aus dem Paradies, der Gesetzgebung auf Sinai und der Kreuzigung voran. Dieser theologische, den Ursprung und die Überwindung des Todes darstellende, seine Herrschaft über das Menschengeschlecht erklärende Eingang ist eine für Manuels reformatorische Tendenz höchst charakteristische Neuerung.[1] Sie entsprach durchaus dem Geiste der Zeit, weshalb auch Holbein in seinen Todesbildern das Motiv der Hauptsache nach wiederholte.

Auf das Beinhaus folgen nun die einzelnen Todesgruppen und zwar dem «Dotendanz mit Figuren» entsprechend die Geistlichen und die Weltlichen in zwei gesonderten Reihen. Von den Geistlichen sind: Der Papst, der Kardinal, der Patriarch (Klein-Basel), der Bischof, der Abt, der Priester (Domherr), die Äbtissin, der Bruder (d. h. Waldbruder, Einsiedler) und die Beguine (Klein-Basel) aus dem Basler

---

[1] Irrtümlich sagt Woltmann II 249 f.: — schon der Gross-Basler Totentanz habe den Sündenfall am Schluss gehabt, Manuel denselben von dort entlehnt, aber passender an den Anfang der Todesbilder gerückt. Der Sündenfall am Schluss der Merianischen Ausgabe des Basler Totentanzes ist, gerade wie die Fratze auf der letzten Seite, eine Zutat des Kupferstechers.

Cyklus, der Doctor (nämlich der hl. Schrift) aus dem « Dotendanz mit Figuren» herübergenommen; nur den Meister d. h. Astrologen, den Ritter (d. h. den Deutschordensritter) und die Gruppe der Mönche hat der Künstler von sich aus hinzugetan. Ähnlich verfuhr Manuel beim weltlichen Stande. Den Kaiser, den König, die Kaiserin, die Königin (Gross-Basel), den Herzog, den Grafen, den Ritter, den Rechtsgelehrten, den Fürsprech (Klein-Basel), den Arzt, den Schultheissen, den Jüngling, den Ratsherren (Gross-Basel), den Vogt (Gross- und Klein-Basel, Blutvogt), den Kaufmann, den Narren, die Ehfrau (d. h. Mutter und Kind), den Bettler, den Koch, den Bauern, die Jungfrau, die Juden und Heiden entnahm er dem Basler Cyklus — den Bürger, den Handwerksmann den genannten Buchdrucken, den Kriegsmann dem Lübecker Druck von 1499, so dass er aus eigener Erfindung bloss die Metz zum Kriegsmann gesellte, der Jungfrau die Wittfrau an die Seite gab und schliesslich den Maler, d. h. sich selbst, beifügte. Was das Schlussbild betrifft, so stammt der Prediger, wie wir gesehen, aus Gross-Basel, der Tod als Mähder und als Schütze aber aus dem illustrirten, um 1450 bei Albrecht Pfister zu Bamberg erschienenen Werke: die Klagen gegen den Tod,[1] wo sich auch das Motiv der Axt findet, die dort die Alten, bei Manuel aber einen Baum fällt, aus dessen Asten Männer und Weiber, Geistliche und Weltliche, wie Früchte vom Winde geschüttelt, herabfallen.

Man sieht, Manuels hervorragende Erfindungsgabe betätigte sich nicht in der Erfindung neuer und frappanter Gruppen. Was er den alten Todtentanzbildern beifügte, lag alles, zumal im damaligen Bern, sehr nahe. Offenbar wollte man dort den Todtentanz, d. h. den gegebenen, im ganzen

---

[1] Passavant: Peintre graveur I, p. 58; Woltmann a. a. O. 246.

übereinstimmenden Cyklus der Gruppen zu Basel und in den alten Bilddrucken reproducirt haben. Der Künstler war nicht befugt, diesen Cyklus — wie Holbein in seinen «Todesbildern» tat — nach seiner Laune umzugestalten oder mit beliebigen neuen Scenen zu erweitern. So sehen wir auch das ursprüngliche Motiv dieser Darstellungen, das des Tanzes, zu dem der Tod die Menschen nötigt, von Manuel mit wenigen Ausnahmen beibehalten. Um so bewunderungswürdiger ist dann die Fülle der immer neuen Wandlungen, welche der Künstler diesen stereotypen Motiven abzugewinnen verstand. Fast alle Stellungen und Bewegungen des Todes sind selbständig erfunden; in den Geberden, mit denen das Gerippe seine Opfer höhnt, in der Kostümirung, durch die es sie äfft, in den Instrumenten, mit denen es ihnen aufspielt, herrscht die reichste Abwechslung. Aber nicht nur in diesen Zutaten, auch im Kerne der Handlung, wie der Tod die Menschen packt und von hinnen reisst, ist Manuel, trotzdem seine Vorgänger das Motiv dreissig bis vierzig Mal variirt hatten, noch selbständig und erfindungsreich geblieben: den Kardinal und den Patriarchen schleppt der Tod an den Quasten ihrer Hüte fort, den Bischof am Mantel, den er sich unter den Arm einklemmt, den Domherrn an seinem über den Kopf geschlagenen Pelzmantel; einen der Mönche reisst er am Skapulier zu Boden, die Jungfrau umarmt er und den Doctor der Schrift erwürgt er — in grellem Kontrast zu dem Abte, dem er freundlich das Kinn streichelt.

Auch der Tod, der dem Doctor an die Kehle fährt, macht noch die Bewegung des Tanzens; doch gehört dies Bild, wie auch der Tod, der (beim Tanz) die Jungfrau umarmt, schon mehr in die Richtung einiger andern Gruppen von abweichender Auffassung. Es sind dies: der Ordensritter, dem der Tod, von hinten nahend, über dem

Brustharnisch den Speer knickt; der Arzt, dem er ein Loch ins Glas schlägt, so dass der Urin, den jener untersuchen will, ausläuft; der Maler, dem er, ebenfalls von hinten herankriechend, den Malerstock aus der Hand reisst, und vor allem die erste Gruppe: der Papst. Dieser wird von vier Kämmerlingen auf reichem Thron einhergetragen; während er aber die segenspendende Geberde macht, kommt der Tod auf seinen Stuhl heraufgeklettert und raubt ihm Stola und Tiara. Es ist unverkennbar, dass diese letzteren Vorstellungen nicht mehr Todtentanzbilder im alten Sinne sind. Sie zeigen nicht mehr das symbolische Motiv des Tanzes, zu dem der Tod die Angehörigen aller Stände zwingt, sondern sie führen uns bestimmte Situationen des wirklichen Lebens vor Augen, aus denen der Mensch plötzlich vom Geschick abgerufen wird. Es ist das eine ganz neue Wendung, die dem mittelalterlichen Thema gegeben wird. Manuels Todtentanz bildet den Übergang von der neuen zu der alten Auffassung, und vermutlich hat er — man vergleiche die beiden Papstbilder — Holbein die Anregung zu dessen «Bildern des Todes» gegeben, in denen die realistische Richtung mit möglichster Konsequenz durchgeführt ist. Sicher ist, dass Holbein von Manuel die Austreibung der ersten Eltern, den Astrologen, die Wittwe (alte Frau) und den Maler entlehnt hat. (Aber sicher nur der Idee nach. Anm. des Verfassers.)

Dass Manuels derbe Laune, seine beissende Ironie und sein ingrimmiger Hass gegen die Pfaffen gerade in diesem Werk zum stärksten Ausdruck kamen, das liegt im Gegenstand und in der merkwürdigen Freiheit, die man dem Künstler bei der Ausführung desselben gewährte. Es sind in verschiedener Abstufung humoristische Motive, wenn der Tod das Kind mit dem Kinderpfeifchen lockt, dem Koch mit dem Kochlöffel, dem Bauer aber mit dem Deckel seines

Butterfasses den Takt zum Abmarsch schlägt; wenn er ferner den Landsknecht in dem Augenblick abfasst, wo diesem sein Bursche einen Hahn und eine Gans, die er abgefasst, zuträgt; wenn er dem Arzt auf die Schulter klopft, während dieser das Wasser seines Patienten prüft, und wenn er den Maler mitten aus seiner Arbeit am Todtentanz selbst abruft, indem er ihm den Malerstock aus der Hand reisst. In vielen Fällen gibt Manuel ferner dem Tod die Funktion eines Lebenden, durch die er sich zu seinen Opfern in ernsthaften oder ironischen Bezug setzt. Schon in den älteren Todtentänzen war dies Motiv angedeutet; Manuel aber hat es nicht nur viel häufiger angewendet, sondern auch in den einzelnen Fällen vollständiger, gewissermassen realistischer durchgeführt. So naht der Tod dem Herzog als Kammerdiener, um ihm seine Kette abzunehmen, dem Grafen als Bote, dem Schultheissen als Waffenträger, dem Jüngling als Falkner, dem Lanzknecht als Schwerbewaffneter, dem Rechtsgelehrten als Klient, den er mit einem Geldstück äfft. Der Tod aber, der die Jungfrau überfällt, hat sich ihre Blumenkrone und einen Weihwedel auf den Kopf gebunden. Er ist also der Priester, der ihr den Segen gibt, und der Bräutigam, der sie umarmt, in Einer Person. Hier ist nun nicht mehr Humor, sondern schneidende Ironie. Die Ironie aber steigert sich zum wilden Hohne bei den geistlichen Personen. Die Serie beginnt mit dem Papste, auf dessen Tragstuhl man in Relief abgebildet sieht, wie Christus die die Ehebrecherin verklagenden Pharisäer, d. h. die Bischöfe, ihrer Heuchelei überführt, und wie er die Krämer, d. h. wiederum die Infulträger, zum Tempel hinaus weist. Den Patriarchen führt der Tod an seinem Strick ab, wie der Schlächter sein Stück Vieh; dem Bischof spielt er mit weitgeöffnetem Maul auf der Laute auf, dem Abt streichelt er das Kinn. Jedermann muss unwillkürlich an eine fröhliche

Gesellschaft denken, wo die hohen geistlichen Herren gekost und mit Gesang und Saitenspiel unterhalten wurden. Die Äbtissin erscheint hochschwanger und den Waldbruder reisst der Tod am Bart mit sich fort — ein Motiv, das der Gross-Basler Todtentanz für den Juden aufgespart hatte.

Dieser Fülle der Phantasie und Schärfe entsprach im allgemeinen die Kraft der Charakteristik und das Vermögen belebter Darstellung. Noch in der Kopie erkennt man die gewaltige Bewegung in den Todtengerippen, den grinsenden Hohn in den hohlen Schädeln, das eminente Leben in den meisten menschlichen Figuren.

Damit soll freilich nicht gesagt sein, dass das Werk in allen seinen Teilen auf der gleichen Höhe der Erfindung steht und im einzelnen mit derselben Vollkommenheit ausgeführt war. Im Eingangsbild ist Eva mit dem reich wallenden Goldhaar eine sehr schöne Figur, weit geringer dagegen Adam; der Engel sammt der Schlange sind kindlich (cf. oben). Das gilt auch von der zweiten Gruppe, der Gesetzgebung. Bei der Kreuzigung hat sich Manuel an das übliche Schema, Christus, Maria und Johannes, gehalten. Dem Christus hat er den Dürerschen Typus gegeben, den Johannes aber durch ein demonstrirendes Skelett von komischer [?] Wirkung ersetzt. Man sieht deutlich, dass die biblische Malerei Manuels Sache nicht (oder nicht mehr) war [?]. Beim Papst stört die dem hinteren Träger das Gesicht schneidende und die Augen deckende Tragstange. Der Doctor der h. Schrift lässt sich mit grosser Gemütsruhe erwürgen, der Astrolog aber durch den Tod, der neben ihm orgelt, nicht einmal in seinen Beobachtungen stören. Beim Ordensritter ist das Motiv, dass der Tod ihm die Lanze über dem Brustharnisch knickt, wohl angedeutet, aber keineswegs ausgeführt. Der Ordensritter erscheint sehr leblos und ungern vermisst man einen

Versuch desselben, wie auch des Ritters, sich gegen den Tod zur Wehre zu setzen. Der Herzog steht auf sehr unsichern Beinen; die Haltung des Grafen, der wohl die Rechte, nicht aber die Linke ans Schwert legt, ist nicht ganz klar. Ein merkliches Nachlassen in der Erfindungsgabe tritt überhaupt von hier an bei einem halben Dutzend Gruppen zu Tage. Der Rechtsgelehrte, der Fürsprech, der Schultheiss, der Ratsherr, der Vogt, der Bürger und der Kaufmann sind wenig ausgeprägte Figuren und zeigen keinerlei charakteristische, überhaupt wenig Bewegung. Unverständlich ist auch die Stellung des Todes beim Kaufmann: mit seinem linken Arm fasst er den linken Arm des Kaufmanns und verwickelt sich mit seinem linken Fuss in dessen Schwert, so dass er notwendig stolpern muss. (Gewiss ist diese Umklammerung des Schwertes nur als Verstärkung des Eindruckes des unentrinnbaren Wegführens anzusehen.) Merkwürdigerweise ist dies Gerippe — und dieses allein — als weiblich charakterisirt. Mit dem folgenden Bilde, dem Narren, beginnt ein sofort sichtbarer und bis zum Schluss vorhaltender Aufschwung der Phantasie. Einzig das Schlussbild mit seiner fünffachen Allegorie fällt dann wieder aus der Höhe künstlerischer Conception und zeigt nichts als ein lebloses Nebeneinander von zusammengerafften, einander ausschliessenden Motiven. Endlich darf zweierlei nicht übersehen werden: einmal wehrt sich von sämmtlichen Figuren, die der Tod packt, nur der Narr tatsächlich, indem er mit dem Tode ringt. Alle andern beschränken sich darauf, sich zu sperren oder zu deklamiren oder sie stehen dem Tode resignirt gegenüber oder sie folgen ihm. Durch diese den alten Todtentänzen entnommene Haltung der Figuren haftet auch den Manuelschen noch eine gewisse Monotonie an, die erst Holbein dadurch vollständig überwand, dass er, anstatt Tanzgruppen, Lebensbilder gab — — —.»

74

Was die Landschaften betrifft, so hat Vögelin mit Recht
bemerkt, dass diese im Style des XVII. Jahrhunderts sind.
Dennoch werden Kauw gewisse Grundelemente noch vor-
gelegen haben, wofür einige Details sprechen. Was die
farbige Erscheinung anbelangt, so war die Sockelmauer,
auf der sich die Säulen erheben, ziegelrot, die Obermauer
über den Bogen rotbraun; die Säulenschäfte aus Marmor,
die Ringe über den Basen und unter den Kapitellen, die
eine viereckige Form haben, sowie die Masken an denselben vergoldet. In den in der Obermauer angebrachten
Runden sind die Wappen eingesetzt, die aber nicht immer
direkte Beziehungen zu den untenstehenden Personen haben.
Im Vordergrund, auf dem die Figuren stehen, ist der Boden
mit Gras bewachsen.

An diesem grossen Maassstabe der Fresken hat Manuel
ohne Zweifel seine Hand und sein Auge sehr geschult, an
einen grösseren freieren Strich gewöhnt, eine Auffassung,
die uns zuerst in wahrhaft genialer Weise in Kohlezeich-
nungen auf dem Museum zu Basel auffällt.[1]

Ganz en face steht ein unbekleideter Mann, nur mit
einem Lendenschurz bekleidet, in ruhiger Haltung da. Mit
der Rechten und der Linken hat er einen Riemen gefasst,
an dessen Ende schwere eiserne Kugeln hängen, bez. N.
M. D. V. B. Es folgen sodann fünf törichte Jungfrauen.

1. Eine törichte Jungfrau in Vorderansicht mit leicht
auf die rechte Schulter geneigtem Haupte. Klagend richtet
sie zum Himmel den Blick, den die erhobene Rechte unterstützt; die Linke fasst die Lampe und das Kleid.

2. Ein reich gekleidetes Mädchen schreitet in gleich-
mässigem Schritt nach rechts. In der rechten Hand hält
es die ausgebrannte Lampe, an deren Griff es die Linke legt.

[1] U₁₀²⁰⁻²⁶, ²⁶ ₐ.

ES·IST·VER·SCHŪT· NIEMEN·KANS·NS· WISSEN

Lichtdruck v. Gebr. Bossert Fesel.

3. Nach links geht eine junge Maid, der lange Zöpfe in den Nacken hängen und die in die leere Lampe hineinblickt.

4. In sehr eleganter Haltung kommt aus dem Hintergrund eine junge Frau hervorgegangen, die mit der Rechten die nach unten gekehrte Lampe hält (diese wie die Hand sind zwei Mal gezeichnet).

5. Die schönste, wirklich bewunderungswürdige der « Törichten» ist die letzte. Ein kurz geschürztes, kräftiges, junges Weib hat gerade die Schritte angehalten. Die Handfläche der rechten Hand ist nach aussen gebogen, als begleite sie die Worte, die in einer Bandrolle oberhalb ihres Hauptes stehen: «Es ist verschüt — Nieman kan alls Wyssen.» Die linke Hand hat das nach unten gerichtete Lämpchen ergriffen.

Auf der Rückseite dieser Zeichnung ist flüchtig, aber grossartig ein «Schächer am Kreuz» hingeworfen.

Die Mittel der Technik sind sehr einfache: schwarze Kreide auf weissem Papier. Der Strich ist so ungezwungen, so schönheitsvoll, so echt künstlerisch, dass man unwillkürlich diese Entwürfe mit den Holbeinschen Kostümbildern in eine Parallele setzen muss. Und nicht zu ihrem Nachteil. Ein vibrirendes, bis in die Fingerspitzen laufendes Leben durchdringt diese Frauen, das nur in wenigen späteren Werken noch übertroffen wird. Niemals eine Übertreibung, alles massvoll und edel. Dieser grösseren, abgewogeneren Ruhe, des ungehemmteren, klareren und gefälligeren Wurfes der Kleider wegen werden diese Zeichnungen nicht in die unmittelbare Nähe der zehn Holzschnitte zu setzen sein, so vielfach auch die Berührungspunkte sind.

Wenn wir überlegen, wie sehr das Thema der klugen und törichten Jungfrauen Manuel beschäftigte, so drängt sich ganz von selbst der Gedanke auf, dass er besondere Ideen mit dem Stoffe verband. Bei einem Künstler wie

Manuel können wir solche tiefere Bezüge zu den treibenden Ansichten und Gefühlen seiner Lage suchen, ohne der Klügelei angeklagt werden zu dürfen. Das Motiv der Klugen und Törichten ist so recht ein künstlerischer Ausdruck für die Menschen des beginnenden XVI. Jahrhunderts, die nach religiöser Klarheit strebten, damit sie nicht, wie die «Törichten», von der Runde überrascht würden; aber auch ein Aussprechen der Empfindung, dass man sich zur rechten Zeit mit dem Öl, dem reinen Worte des Evangeliums, versehen solle.

Im Besitze des Fräuleins Manuel auf Brunnadern befinden sich zwei Ölgemälde, die leider sehr stark beschädigt, aber vom Pinsel eines Restaurators vollkommen verschont geblieben sind. Beide Portraits sind Brustbilder und vom Jahre 1520 signirt. Das erste gibt das Antlitz eines etwa 30-jährigen unbärtigen Mannes, der nach links blickt. Sein Haupt beschattet ein schwarzes Barett. Von der Bekleidung ist nur der feingefaltete Hemdkragen zu sehen. Die Augen sind seltsam schmal geschnitten, sonst zeigt das Gesicht sehr charakteristische Züge. Die Inschrift neben dem Monogramm besagt: Min Alter. Ob wir aber hier den Vater, oder Stiefvater unseres Künstlers wirklich vor uns haben, erscheint in Anbetracht des jugendlichen Alters bezweifelbar. Die Malweise ist sehr sorgfältig und dünn auftragend. Der Lokalton ist in einem feinen Grau gehalten, wodurch der geistvolle Kopf sich sehr effektvoll von dem grünen Hintergrunde abhebt. Die Grundirung war mit einem hellgelben Ton gegeben. Das zweite Bildnis ist dem Wappen und der Ähnlichkeit nach mit dem Herzog im Totentanz das Abbild Kaspar von Mülinens. In Dreiviertel-en-face-Stellung neigt der Ritter das blondhaarige bärtige Haupt ein wenig zurück, das ein rotes Barett schmückt. Eine goldene Kette ist um den Nacken geschlungen. Das Karnat ist warm-

braun mit einem Zusatz von gelb. Die Farbenwirkung ist
satt. Die Einzelheiten, besonders Bart und Haar, sind auch
hier mit der grössten Pünktlichkeit und ohne aufdringliche
Treue behandelt. Der Ausdruck beider Portraits ist derart
gelungen, dass sie den besten Arbeiten aus den ersten zwei
Jahrzehnten des XVI. Jahrhunderts zur Seite gestellt werden
dürfen. Es sind wahre lebensvolle Bildnisse, aus denen ·die
gesammelte Individualität heraussieht. Gerade vor diesen
Gemälden müssen wir gestehen, dass in Manuel ein hoch-
bedeutendes Talent lebte, dem es nur an völliger Ausbildung und an der Möglichkeit, sich gänzlich, mit ungeteilter
Arbeitskraft seiner Kunst hingeben zu können, fehlte —
Bern war jedoch damals noch kein Sitz der Musen.

Die Koloristik dieser Gemälde gibt uns auch die Mittel
an die Hand, das schönste Ölbild unseres Künstlers zu
datiren. Als Vorwurf ist die Enthauptung Johannis des
Täufers[1] gewählt worden. Zur Linken und zur Rechten
rahmen die Scene Gebäude ein, von denen aber beiderseits
nur die Eckmauern mit einer Pforte sichtbar sind. Zur
äussersten Linken steht eine alte Matrone, neben und vor
ihr hält die reich im Zeitgeschmack bekleidete Königstochter
— in scharfer Seitenansicht — die Schale. Etwas zurück,
en face, sehen wir ein zweites junges Mädchen, das neu-
gierig auf die Platte niederblickt, auf der gleich das Haupt
des Täufers liegen wird. Der Henker, im Gewande eines
Kriegsknechtes, greift bereits nach der Tablette, um auf
ihr den Kopf des Enthaupteten, den er mit der linken Hand
am Bart gefasst hat, niederzulegen. Der Körper des Hin-
gerichteten wird auf einer Tragbahre von zwei Männern,
von denen aber nur der erste völlig sichtbar ist, in die
Pforte des Hauses zur Rechten getragen. Im Hintergrund

---

[1] Basel, Museum.

ragt aus Gebüschen und Bäumen ein Schloss hervor, über das ein vielfarbiger Regenbogen sich spannt. Am Himmel verdunkeln die Sonne Wolken, durch welche die Strahlen über das Gemälde hinzucken. Trotz des kleinen Massstabes hat Manuel alles auszudrücken verstanden, was die Begebenheit verlangte. Die kalte Befriedigung der Alten, die herzlose Neugierde der Freundin der Königstochter, deren leises Grauen, das man im ganzen Körper durchfühlt, das derbe, gewaltsame Empfinden des Henkers, das fühllose Gesicht der Träger — alles ist in äusserst präcisen Zügen wiedergegeben. Ausserordentlich vollendet ist die Technik. Die Farben sind überraschend klar, die Vertreibung vollkommen, ohne glatt zu sein; der Zusammenklang der Farben sehr lebendig, ohne bunt zu wirken. Die effektvollen Lichtwirkungen am Himmel und in der Landschaft sind, wenn sie auch nicht als gelungen bezeichnet werden dürfen, dennoch des höchsten Interesses würdig. Die Karnation ist bei den Frauen in einem grauen Ton mit etwas schwärzlichen Schatten; die der Männer sehr warm bräunlich-gelblich gehalten. Die Einzelheiten der Zeichnung sind sehr akkurat und exakt.

Woher kommt dieses warme, klare Kolorit? Die Anklänge an Hans Baldung und an Mathias Grünewald, die namentlich in der Fleischfarbe der Frauen und in der Landschaft stark hervortreten, erweisen sich bei näherer Untersuchung als nicht stichhaltig. Grünewald wäre überhaupt nur ganz allgemein bei der Landschaft in Betracht gekommen. Grien aber hat weder diese Klarheit der Farben, noch diese Zusammensetzung. Namentlich ist auch die Hautfarbe seiner Frauen in den Schatten schwärzer, seine Männer brauner im Karnat. Hans Fries heranzuziehen, ist ebenfalls unstatthaft. Wir müssen also Manuel selbst diese Fortentwicklung seines Kolorites zuschreiben. Die auffallende Durchsichtigkeit ist jedenfalls, wie wir schon früher wahrzunehmen glaubten, auf eine Art fast selbstverständlichen Wettstreites mit den Farben der Glasmalerei zurückzuführen. Man kann aber auch ganz folgerichtig die Ableitung der Töne aus den früheren Bildern unseres Künstlers geben, z. B. die Färbung des Fleisches ist im Parisurteil bereits in schon weiter vorgeschrittenen Anfängen zu bemerken u. s. w. Trotzdem nun diese Enthauptung Johannis des Täufers wirklich aus der Hand eines feinfühligen Malers stammt, lässt sich dennoch nicht leugnen, dass auch hier der geistreiche Dilettant durchblickt. Ein Eindruck, dessen wir uns selten bei Manuel völlig erwehren können.

Die Ähnlichkeit mit dem besprochenen Gemälde in Zeichnung, Motiv und Ausstattung ist in einer sehr zierlich ausgeführten Tuschzeichnung[1] so gross, dass auch dies Blatt 1520 gezeichnet sein muss. Eine junge, überaus prunkvoll gekleidete Frau schreitet in leichter Wendung nach rechts. Ein sehr elegantes, aber einfach geschnittenes Kleid hüllt die üppige Gestalt ein und fällt in ruhigen Falten auf den Boden. Im Haar trägt die Dame einen an Flügel erinnernden Kopfschmuck. Die Gesichtsform zeigt ein weiches rundes Oval mit klar blickenden grossen Augen, gerader Nase und einem kleinen vollen Mund. Geschmeide ziert Hals und Brust und ein reich ornamentirter Dolch hängt am Gürtel. In der Linken hält sie ein mächtiges Schwert, auf dessen Spitze das Haupt des Holofernes steckt. Im Hintergrund erheben sich sanfte Hügel, während am Himmel dichtes Gewölk sich zusammenballt.

Die Ausführung ist mit Feder und Tusch vorzüglich; wenngleich die Lavirung noch nicht flüssig genug ist. Der

---

[1] U9. Eben in diese Zeit ein junges Weib mit Becher (U9[38]) und Anna selbdritt; Landsknecht unter einem Bogen (U11[28]).

Ausdruck eines siegesstolzen, einzig an die befriedigte Rache denkenden Weibes verklärt förmlich die Gestalt, eine so lichtvolle Ruhe ist über sie ausgebreitet, obwohl man gestehen muss, dass dies blutige Haupt und diese ungetrübte Befriedigung an sich verletzend wirkt.

Ungefähr gleichzeitig dürfte eine monogrammirte, weiss gehöhte Federzeichnung auf ockergelbem Hintergrund in Berlin [1] sein. An eine runde Säule, deren Kapitell in dem uns bekannten Renaissance-Geschmack gehalten ist, sitzt angelehnt eine junge Frau, die einen prächtigen kleinen Buben liebkost, der ihr Blumen reicht und sich zärtlich an ihr Knie anschmiegt. Am Himmel ziehen leichte Wolken. Technisch gehört das Blatt zu den vorzüglichsten, die wir vom Künstler haben; inhaltlich würde es ebenso zu schätzen sein, wenn der Kopf der Mutter etwas tiefer aufgefasst wäre.

Das letzte Guazzo-Bild behandelt die damals erst vor kurzem zu hohem Ansehen gelangte St. Anna-Legende. [2]

Hoch im Himmel droben blickt aus den Wolken Gott Vater hernieder auf die unter ihm in halber Höhe tronenden Heiligen. Auf dem Schosse trägt die heilige Anna das freundliche Christkindlein, das sich nach rechts zur knieenden jungen Mutter voll innigen Verlangens wendet. Zu beiden Seiten sitzen, ein wenig höher, die beiden Johannes. Voll unendlicher Milde und Güte schaut die alte Frau auf den Enkel und auf die anbetende Menschenmenge dort unten auf der Erde. Zur Rechten kniet auf grünem Wiesengrund ein junger blondhaariger Mann, eingehüllt in einen langen schwarzen Mantel, die rote Mütze in der Hand. Ihm zur Seite hat sich sein jugendliches Weib auf die Kniee niedergelassen. Hinter ihnen verehren die übrigen alten und jungen

---

[1] Kgl. Handzeichnungen-Kabinet.
[2] Basel, Museum.

Mitglieder der Familie die Heilige. Ihnen gegenüber er-
flehen Leidende Gesundheit; allen voran ein verbundener
nackter Mann, neben dem eine junge Frau kniet, die den
verletzten linken Arm entblösst hat; hinter ihnen noch zwei
andere Personen. In frischem Frühlingsgrün prangende
Bäume ragen hinter den Gruppen in die blaue Luft hinein.
Eine Rinne schneidet das vordere Terrain in zwei Teile
und führt zu dem etwas niedriger liegenden See, der mehr
schmal wie breit seine Fluten bis in den tiefen Hintergrund
hineinträgt. Aus seinen Wassern führt im Vordergrund zur
Linken eine kleine Treppe zu einer langen hölzernen Laufbahn, die eine Einbuchtung des Sees abschneidet. Auf
dieser Brücke gelangt man zu einer Stadt, die aus grünenden
Bäumen kaum hervorblickt. Hinter derselben, den Gestaden
folgend, breiten sich herrliche Gefilde mit Äckern, Häusern
und Wäldern aus. Langsam ansteigend ziehen sie sich am
Ufer längs, um dann für den Blick einerseits schroff in die
Tiefe zu gehen, anderseits an einen etwas vom See zurück-
liegenden einzelnen, viereckigen, nackten Felsklotz anzu-
stossen, auf dessen Plateau eine Klosteransiedelung erbaut ist.
Nach altem Brauch hatten die Mönche sich auch dies Mal
einen schönen Platz in der Natur ausgesucht. Zu ihren
Füssen lagert im See eine fruchtbare bewohnte Insel. Aus der
Ferne leuchten die in helleres oder dunkleres Blau getauchten
Vorberge, hinter denen sich die majestätischen schneeigen
Häupter der Alpen erheben. In dem fast unbewegten Wasser
spiegeln sich die Lichter des glühenden Morgenrotes.

Ein grosses Bild, das so rein in sich aufgeht, hat Manuel
uns nicht mehr hinterlassen. Wie vor keiner anderen
Schöpfung unseres Meisters werden wir hier versucht, die
Frage zu erörtern, ob Vögelin Recht hat, wenn er ihm
überhaupt oder jedenfalls in dieser Zeit den Titel eines
religiösen Historienmalers verweigert.

Die «protestantischen» Ideen, die sich damals Bahn brachen, kamen, wie jede andere religiöse Regung, aus den Tiefen des Herzenslebens. Die Kunst aber ist stets gewesen und bleibt stets der Ausdruck der zartesten und zugleich kräftigsten Gefühle, die ein Volk sein Eigen nennt. Die religiöse Kunst ist denn auch im XVI. Jahrhundert nicht so sehr durch die äusseren Hemmungen zu Grunde gegangen, als vielmehr dadurch, dass das Kapital an Ideen aufgezehrt war, dass der massgebende Gedanke, die Heiligen in dem gewöhnlichen mit den gesteigerten Tugenden ausgestatteten Individuum zu erfassen, vornehmlich in den Werken eines Dürer seine vollendete Ausbildung und Verkörperung erfahren hatte. Die Regung der Geister, die in dem Akte der Reformation einen abgeklärten Ausdruck fand, lebte aber schon geraume Zeit vorher — sie läuft parallel mit der immer realistischer werdenden Kunstrichtung. Aus den ganz ins Jenseits versunkenen, sich förmlich auflösenden Menschen wurden allmählig durch den Gegenschlag hindurch grosse wirkliche *Menschen,* wie wir sie am bewunderungswürdigsten, am majestätischsten in Dürers Aposteln erblicken. Von solchen der Periode innewohnenden Gedanken sind, wenn auch nicht in Dürerscher überwältigender Erhabenheit und Einfachheit, die religiösen Schöpfungen Manuels durchtränkt. Sie sind religiös, weil sie mit dem Denken seiner Epoche, seiner Mitmenschen übereinstimmend in der Anbetung des Höchsten von einer entsagenden demütigen Empfindung durchströmt sind, die aber auch nicht vergisst, dass der Mensch, der Bibel nach, ein Abbild Gottes ist — ein Gedanke, der seinem kräftig stolzen Sinne nach faktisch lange Zeit den Menschen nicht zur vollen Klarheit gekommen war. Die herzgewinnende erbarmungsvolle Milde, die aus den welken Zügen der alten Mutter Anna spricht, das spielende, an

Körper und Geist kerngesunde echte Kind, die innige Freude der jungen Maria, die ergebungsvolle, männliche Ehrfurcht und Dankbarkeit in den Knieenden — alles ist von demselben tief-religiösen, unverfälscht menschlichen Fühlen bewegt. Manuels Bilder sind deshalb «religiös», sie konnten es noch sein, weil der Künstler noch mit in die Zeit hineingehörte, die vorwärts dringen konnte, die die lebenden Ideen zu Ende zu führen vermochte. Manuel war, wie wir aus vielen Dingen dies schliessen müssen, selbst ein frommer Mann, dem jede Irreligiosität fern lag, der aber nicht von Priesterhand seine geistige Kraft knechten, sondern dem frei schaffenden Menschengeist sein unbekümmertes Recht lassen wollte — so weit man diesen Begriff damals überhaupt verstehen konnte.

Dasselbe wohltuende wahrhaftige Gefühlsleben, das seine «Heiligen» belebt, kommt in der Landschaft zum Durchbruch. Wir hatten schon früher Gelegenheit, das persönliche Verbundensein des Künstlers mit der Natur zu bewundern, aber in dieser hier ausgesprochenen inneren und äusseren Vollendung noch nicht. Es dürfte kaum zu kühn sein, wenn man behauptet, dass die Landschaft, wie sie uns das vorliegende Gemälde gibt, fast einzig in dieser Zeit dasteht. So frappirend real und doch so poesiereich; keine Überfüllung und dennoch so üppig und heiter. Mit dem sensibelsten künstlerischen Takt hat Manuel die Wirklichkeit mit der für ein religiöses Bild — jedenfalls damals — notwendigen idealen Steigerung verbunden. Das, was wir oben über Manuels Bedeutung in der Landschaftsmalerei gesagt haben, müsste hier wiederholt werden, nur mit grösserem Rechte. Denn die technische Mache ist eine bei weitem bessere, die Zeichnung der Figuren ist vorzüglich und fliessend in den Linien. Ebenso sind die Details im allgemeinen gut. Die Gewandbehandlung bei der St. Anna fällt zuerst ein wenig auf, indem sie an die ältere Manier erinnert. Dennoch ist ein grosser Unterschied bemerkbar. War früher der Wurf unverstanden, so ist er jetzt vollkommen klar und aus dem Stoffe selbst heraus gedacht. Die Farbenwahl erinnert hie und da noch an die des Parisurteiles, nähert sich aber doch sonst in der grösseren Klarheit und Harmonie, unter der Berücksichtigung der Verschiedenheit von Gouache und Öl, der Enthauptung Johannis des Täufers.

Aus dem Jahre 1522[1] ist eine grosse Glasgemälde-Visirung erhalten geblieben. Ein unbekleidetes junges Weib — in Vorderansicht — bewacht mit einer Kopfwendung nach links ein Wappen, in dessen Helmzier sie mit der Rechten fasst, während die Linke das dünne schleierartige Lendentuch ergriffen hat. Ein Dolch hängt ihr um den Leib. Das Wappenschild weist drei Mondsicheln auf.

Die Linienführung ist energisch, aber kalt. Der Körper hat etwas Totes an sich, das durch die sorgfältige, hier mehr wie je an Baldung erinnernde Führung der Feder und der weissen Aufhöhung nur noch verstärkt wird. Eine besondere Berücksichtigung verdient der Entwurf, weil wir nur wenige Aktzeichnungen von dieser Grösse haben. Genau gesagt, besitzen wir nur noch eine einzige ausser derselben. Dieses zweite Blatt ist zudem der umfangreichste Glasgemäldeentwurf Manuels.

Auf den vorspringenden Würfeln eines hufeisenförmigen [2] Unterbaues stehen zwei junge nackte Mädchen. Hinter ihnen streben mächtige viereckige Renaissance-Pfeiler empor, auf denen Gebälk ruht. Die Pilaster sind sehr reich mit ornamentalem Pflanzenwerk verziert, auf dem unbekleidete

---

[1] U_1^{60}.
[2] U_6^{112}.

Frauengestalten im Relief stehen. Die Wappenhalterinnen
selbst tragen nur einen schwarzen Lendenschleier und einen
Federhut. Drei übereinander getürmte Wappen, deren
oberstes die kaiserliche Krone schmückt, sind ihrer Obhut
anvertraut. Auf den Rand des obersten Schildes legen sie
je eine Hand — ursprünglich hatte der Künstler hier in
der Höhe des Schildes geschwankt, so dass er Rand und
Hände doppelt gezeichnet hat. Die Ausführung ist mit
Feder und Tusch. Die Frauen sind leicht kolorirt und mit
schwerem braunroten Schatten abgetönt.

Wann dieser· Handriss entstanden ist, können wir an-
nähernd genau bestimmen. Die Aktfiguren haben in einer
gewissen Trockenheit der Formen viel Ähnlichkeit mit der
grossen Einzelfigur von 1522, so dass wir wohl nicht fehl
gehen, wenn wir dieselbe Datirung auch hier acceptiren.
Auffallend ist vornehmlich der streng architektonische
Aufbau — wohl mit Bestimmtheit ist hier ein erster Einfluss Hans Holbeins zu konstatiren.

Mit der Zahl 1522 ist eine Glasscheibe im Treppen-
hause des Baseler Museums signirt, die Manuel als Urheber
haben wird. Zwei derbe runde Renaissance-Säulen sind
durch Blattwerk im runden Bogen verbunden. In denselben
reitet links ein kleiner Knabe auf einer Schnecke, ein Motiv,
das wir bei Manuel schon mehrfach antrafen, ihm gegenüber würgt sein Altersgenosse eine Gans. Unter dem Bogen
steht ein Engel, der die Wappen der Steiger und Mülinen
beschützt. Besonders der Kopf des Engels, das Profil, wie
die Haarbehandlung, erinnern an den früher besprochenen
St. Vincentius in Bern. Die Falten in der Kleidung haben
allerdings in der Unruhe etwas Fremdartiges an sich; diese
kann aber leicht durch eine Ungeschicklichkeit des Glas-
malers entstanden sein.

Manuels Tätigkeit für das Kunstgewerbe beschränkte sich

nicht allein darauf, dass er für Glasmaler und Holzschneider
Vorlagen zeichnete, sondern er gab auch solche für das
Chorgestühl im Münster zu Bern. Die Holzschnitzereien für das Gestühl wurden im Jahre
1522 den Schaffhauser Tischmachern Jakob Rufer und Heini
Seewangen überwiesen und von diesen nach der Inschrift
1523 vollendet, nach den Akten vollkommen erst 1524 zu
Ende geführt. Das Chorgestühl ist im Aufbau derartig auf beiden
Seiten angelegt, dass je elf Sitze in zwei Reihen hinter und
übereinander an der Längswand des Chores, je zwei an der
Schmalwand des Triumphbogens angebracht sind. Oberhalb der hinteren Sitze steigt eine Wand empor, deren
Sims an den beiden Ecken von je einer freistehenden Säule
gestützt wird. Diese Rückwand ist in der Weise gegliedert,
dass von je einer Sessellehne eine etwa einen Meter hohe
korinthische Lisene aufsteigt, auf deren Kapitell ein ziemlich
einfaches Band aufliegt. Dieses dient kürzeren Pilastern
zum Standpunkt, deren Kapitelle mit dem reich verkröpften
abschliessenden Sims zusammenfallen. Zwischen diesen
letzteren architektonischen Vorlagen ist jedes Mal je eine
Halbfigur im Hochrelief eingespannt. Als zierliche Ausläufer
der durchlaufenden Säulenarchitektur stehen auf dem obersten
Gebälkstück reizende, durch allerlei phantastische Ornamente verbundene Vasen. Nur über den zwei Sitzen an
der Schmalwand, über den dritten und vierten und über
den achten und neunten Sitz an der Längswand sind reich
verzierte, aber undurchbrochene rundbogige Aufsätze aufgesetzt. Das frei auf der Säule, an den Ecken ruhende
Gebälk bietet links und rechts Gelegenheit, um je eine
Statue aufzustellen. Unter den Lehnen der Sitze ist je
eine kleine Statuette angebracht. Ebenso wurden die je
drei Eingänge, einer in der Mitte, zwei an den Seiten, mit

figürlichem Schmucke verziert. Schliesslich sind noch zwei Flachbögen oberhalb der Türen, die links und rechts vom Chor in das Seitenschiff führen, zu erwähnen.

Dieses trockene klare Gerüst ist von einem solch übersprudelnden Reichtum der Ornamentik, von einer Reinheit der Renaissance-Motive, wie sie in diesen Jahren diesseits der Berge nicht gar häufig zu finden ist. Das aber, was diese Chorgestühle mit einem besonderen Glanz umgibt, das sind die genialen bildnerischen Arbeiten. Eigentümlicherweise haben die grossartigsten Schöpfungen unter diesen bislang weniger das Interesse erlangt, als sie verlangen dürfen. Es sind dies die in dem zweiten «Stockwerk» der architektonischen Abteilung der Wand eingelassenen Hochreliefarbeiten. Zur Linken sehen wir Christus und die zwölf Apostel, rechts die Propheten des alten Testamentes. Die äussere Umrahmung dieser Halbfiguren ist stets dieselbe: kurze bauchige Säulen tragen ein Kassettengewölbe, das in den Hintergrund zurückweicht. Aus den herrlichen Männerbüsten, denen diese einfache Einfassung zum Rahmen dient, spricht eine packende Grösse in der Auffassung der Charaktere, eine solche Mannigfaltigkeit und zugleich eine so frappirende, manchmal sich geradezu rücksichtslos geltend machende Einfachheit in den Bewegungen, wie wir sie sonst nur in der italienischen Frührenaissance antreffen. Kein Zweifel, dass der Künstler, der diese Bildwerke schuf, Italiens Boden betreten hatte, aber auch kein Zweifel, dass diese Werke aus dem Geiste eines in sich gesammelten Mannes geboren worden sind. Ein gefangennehmender Eindruck, der die Prüfung auf die einzelnen wirkenden Momente nicht zu scheuen hat. Kein Kopf, der nicht von einem überwältigenden Leben, einer Naturwahrheit und Lebendigkeit ist, die fast zu natürlich wirkt. Jeder einzelne Zug ist charaktervoll und in sich gerechtfertigt, weil das ganze geistige Sein aus diesen Gesichtern, wie in einem Brennspiegel concentrirt, wiederleuchtet. Und was das Antlitz nicht völlig sagen sollte, das ergänzen die wunderbar belebten Hände. Sie stehen im engsten Kontakt mit der Sprache des Auges, sie ergänzend und erweiternd. Namentlich sind die Hände der Propheten beachtenswert. Die Handstellungen der Apostel sind ruhiger, da hier die geistige Grösse noch intensiver, weil sie passiver, in den Köpfen zusammengefasst ist, obwohl gerade Christi Rechte von einem überaus feinen Gefühl beseelt ist.

In der technischen Durchbildung müssen wir über die manchmal fast zu weit gehende Verachtung des Effektes staunen. Eine Manier, die jedoch nicht zum wenigsten mit zu dem monumentalen Charakter beiträgt, weil er mit der herben Grösse der Empfindung harmonirt. Ohne Zweifel hat der Künstler nach dem lebenden Modell sehr fleissig gezeichnet, wie z. B. im König David die Züge Kaspar von Mülinens wieder zu erkennen sind. Nur die Hände verraten ein bestimmtes Ideal. Sie sind, wenn rund herausgearbeitet, in der Innenfläche fleischig, mit kurzen dicken Fingern. Gibt der Meister sie nur im flachen Relief und den Handrücken, so liebt er es, uns das Knochengerüst möglichst genau darzulegen. Die Gewandfalten sind in grossen, anschmiegenden Massen angeordnet.

Die beiden freistehenden Vollfiguren, die Justitia und die Viktoria, die von Vögelin eine, wie ich meine, zu günstige Beurteilung erhalten haben, sind ursprünglich gut angelegt, aber nicht einem so geschickten Schnitzer anvertraut worden, wie der war, der die Halbfiguren schnitzte. Trotzdem sind beide Werke sehr achtbare Leistungen und ihr zeichnerischer Urheber unverkennbar. Mangelt diesen beiden Statuen das sprühende Leben, das die vorher besprochenen Reliefs durchzuckt, so finden wir es in den kleinen Figürchen unter den Lehnen in vollem Masse wieder. Der helle klare Blick Manuels, der in den innersten Kern der Menschen einzudringen wusste, hat hier auch einmal wieder dem äusseren Treiben der Menschen seine Aufmerksamkeit geschenkt. Die Welt, die sich unterhalb der Sessel tummelt, hat eigentlich ganz und gar nichts mit dem heiligen Raum zu schaffen — wie allerdings auch manches nichts mit den Geistlichen von dem, was sie «unter den Sesseln» tun. Es ist z. B. gar nicht leicht einzusehen, was mit den ehrwürdigen Vätern ein kleines allerliebstes Knäbchen zu tun hat, das sich ausdauernd bemüht, dem förmlich eingeborenen Vergnügen Genüge zu leisten, seinen grossen Zehen in den kleinen Mund zu stecken. Derartige launige Züge finden sich mehrfach. Ein kleiner Engel rutscht auf allen Vieren an der Lehne herunter, ein anderer untersucht oberhalb seines Gesichtskreises irgend etwas, das sein Interesse erregt hat. Kleine possirliche Bären sind in allen möglichen Stellungen verewigt. Die verschiedenen Gewerke haben ihre Vertreter gesandt, hier buttert einer, dort hämmert ein anderer, ein dritter näht an einem Stiefel u. s. w. Aber auch der geistliche Stand ist nicht leer ausgegangen, er hat einen alten behäbigen Herrn als Abgesandten geschickt, der sich angelegentlichst mit einem Brettspiel (?) beschäftigt. Endlich fehlt auch die lustige Figur des Mittelalters und der Renaissance nicht: der Spassmacher mit seiner Schellenkappe. Dies frohe menschliche Tun hier unten findet ganz oben auf dem «Dach» des Chorgestühles sein phantastisches Gegenspiel. Fischschwänzige Jungfrauen, Knaben und Männer mit Blattkörpern ergötzen sich in den verschiedensten Positionen und Gefühlsausdrücken in der verschwenderisch hingeworfenen Ornamentik, die die Halbbögen, wie die Zwischenräume zwischen diesen ausfüllt. — Erwärmt wird alles, der drollige Spuk hier oben, das

fröhliche Wesen dort unten, von einer freundlichen gut-
mütig lächelnden Gesinnung, die sich in der Mitte, in den
Reliefbildern, zu gewaltiger Höhe und Kraft emporschwingt.
War aber Nikolaus Manuel Deutsch auch derjenige,
der dies grossartige Werk ersann? Unumstösslich bewei-
sende Akten besitzen wir nicht. Wir verfügen nur über
folgende Notiz: 1523[1] ausgeben denne Manuel am Ritt
gen Jänf von des Gestuhls wegen 5 Pfd. 12 Sch. 8 Den.
Ausserdem weist die Überlieferung Manuel die Urheber-
schaft zu. Diesen an sich nicht schwerwiegenden äussern
Gründen fügen sich einige andere innere, d. h. stylistische
hinzu. Zuerst sei aber noch das erörtert, was sich gegen
unseres Künstlers Autorschaft sagen liesse: weshalb hat
der Künstler sich nicht auf dem Chorgestühl abbilden
lassen, wie einer der «Tischmacher» dies unzweifelhaft
in der einen Holzblock zuhauenden kleinen Figur getan
hat? Dies kommt wohl daher, dass in jener Zeit derjenige,
welcher das Werk schuf, in solchen Fällen das erste Wort
führte. Diejenigen aber, die das Gestühl arbeiteten, waren
die Tischler. Manuel spielte als Zeichner nur eine zweite
Rolle. Haben aber die Tischmacher den Entwurf vielleicht
selbst geliefert? — Wenn Vögelin die Autorschaft unseres
Künstlers aus dem unklaren Vermengen gotischer und
renaissanceartiger Motive, als für ihn charakteristisch, ab-
leiten wollte, so lag ein richtiges Gefühl diesem Gedanken
zu Grunde, der aber einer Einschränkung bedarf. Denn von
wirklich gotischen Motiven kann nicht die Rede sein, sondern es spricht sich einzig in der überreichen Verschlingung
der Ornamente eine gewisse Zusammengehörigkeit mit
der in der späteren Gotik herrschenden Manier aus. Diese
Art ist aber bei Manuel bisher in der *hier* auftretenden

---

[1] Stantz: Münsterbuch.

Weise nicht bekannt. Sie ist auch nicht sein Eigentum, sondern er hat sie aus der Lombardei mit heimgebracht. Die ganze Architektur, die Details sind lombardisch und speziell an Mailand und Pavia erinnernd, im weiteren Ausblick allerdings auch an Venedig. Diese Verzierung, die wie aus einem nie versiegenden Füllhorn über alles, was ihrer bedurfte, ausgeschüttet wurde, diese phantastische Behandlung der menschlichen und tierischen Gestalt ist nirgends so genial durchgeführt wie an der Certosa. Unzweifelhaft ist der Schöpfer der Zeichnung des Berner Stuhlwerkes durch diesen Prachtbau direkt beeinflusst worden; so sehr, dass die beiden Flachbogen über den Türen, die zu den Seitenschiffen führen, wie kopirt erscheinen. Die reiche Verwendung der Medaillons mit römischen Köpfen ist an keinem andern Orte so verbreitet gewesen, so zierlich verwendet worden, wie in Mailand und den mit dieser Stadt künstlerisch zusammenhängenden Orten. Ferner ist der vegetabilische Zierat, in Verbindung mit Waffenstücken, ebenfalls ein besonders stark hier auftretendes Moment. Endlich sind bekrönende Halbbogen an der Certosa in der Anlage vorhanden, wenngleich sie, wie auch die Benützung der Vasen als Ziermotiv, in Venedig ihre letzte Ausbildung erlangten.

Enthält das hinterlassene œuvre Manuels nun gar keine Zeugnisse, d. h. Skizzen, die uns eine Handhabe weiterhin geben könnten? Wir haben eine kolorirte Kreidezeichnung, die mit diesem Chorgestühl in engen Connex gebracht werden kann und muss. Es ist dies um so glaubwürdiger, da sie aus stylistischen Gründen in eben diese Jahre zu setzen wäre. Band $U_{10}{}^8$ enthält eine römische Büste en profil nach links. Das Haupt schmückt ein Lorbeerkranz, die Fibula der Toga die Schulter. An dem Gestühl finden wir nun solche Köpfe genau wieder. Dann ist in zwei

Büsten, die als Flachrelief den Sockeln der korinthischen Pilaster als Zierat dienen, eine sichtbare Verwandtschaft mit den beiden Priestern auf dem Salomo-Bild von 1518 zu erkennen. Sie befinden sich jeweilen an der äussersten Ecke rechts, resp. links an der Längswand des Gestühls.

Wie aber hatte sich Manuel auf einmal diese in seinen früheren Werken stets vermisste Kenntnis der Renaissance erworben? Am 31. Januar 1522 waren die Schweizer nach Italien gezogen, um Mailand dem König von Frankreich zurück zu erobern. Manuel begleitete als Schreiber das Berner Aufgebot, das unter dem Befehl Albrecht von Steins stand. Allerdings haben damals die schweizerischen Truppen nur vor Mailand und Pavia gestanden. Es ist jedoch mehr wie plausibel, dass der Künstler in Manuel nicht eher geruht hat, bis er Abbildungen dieser berühmten Wunderwerke gesehen hatte. Wenn das nicht, so mag er Nachahmungen der hier benützten Motive in kunstgewerblichen oder sonstigen Arbeiten vor die Augen bekommen haben. Hatte aber Manuel vielleicht schon den Truppen unter A. von Stein angehört, die am Ende des Jahres 1521 in Mailand und in Pavia gelagert hatten? Wie dies sich nun auch verhalten mag, es ist gewiss keine zu kühne Folgerung, wenn wir die Ansicht aufstellen, dass unser Künstler in Italien Ornamente und architektonische Details sehen und studiren konnte, wie sie uns das Chorgestühl zeigen. Manuel war demnach faktisch imstande, solche Motive zu entwerfen. Zudem stimmt die grandiose Breite in der Behandlung der Köpfe, die elastische Lebendigkeit, die in den kleinen Figürchen zu spüren ist, völlig mit den früheren Arbeiten Manuels, z. B. mit den gezeichneten törichten und klugen Jungfrauen, den einzelnen Federzeichnungen, der «küng» u. s. w., in denen wir schon das häufige Vorkommen von geschickten Handbewegungen

hervorheben mussten. Endlich ist es kaum glaubhaft, dass
der Rat einen Künstler, den er schon mehrfach beschäftigt,
der am Münster gearbeitet hatte, einfach beiseite liegen
und ihn nur einen Ritt als Bote oder als Experte nach
Genf machen lässt. Haben wir also keinen strikten Beweis
dafür beibringen können, dass Manuel der geistige Urheber
des Chorgestühles ist, so zwingen uns dennoch teils die
erhaltenen Nachrichten und die Zeichnungen, die Anklänge
an frühere Werke, die äusseren Möglichkeiten zu der Annahme, dass wir den Entwurf in der Tat unserem Künstler
und niemand anderem verdanken. Zweifelsohne würde das
Monument im Einzelnen nicht von dieser Wirkung sein,
wenn nicht die hervorragenden Partieen von einer sehr
geschulten Hand geschnitzt wären. Da der eine «Tischmacher» nicht alles schaffen konnte, so ist die Vollkommenheit der Ausführung nicht überall dieselbe. Manuel aber hat
aus seiner späteren Periode kein so umfassendes Dokument
seines künstlerischen Schaffens mehr hinterlassen, keines,
das von einem so hohen Können Kenntnis gibt, so dass wir
als monumentale Grösse ihn hier in seiner höchsten Vollendung sehen. In anderer, namentlich technischer Hinsicht
machte er noch Fortschritte unter der Leitung Hans Holbeins des jüngeren.

DRITTES KAPITEL.

Unter Einfluss Hans Holbeins des jüngeren.

Wenn der bildende Künstler in Manuel seit dem Jahre
1523 mehr und mehr in den Hintergrund trat, so lag dies
zum grössten Teil daran, dass er der Kunst nur noch Bruch-
teile seiner Zeit widmete. Seit 1522 begann seine litera-
rische Laufbahn, die seinen Namen weithin berühmt machte.
Bæchtold in dem schon häufig citirten Buche sagt über ihn
als Schriftsteller: Manuels dichterische Schöpfungen sind
alle Gelegenheitsgedichte im höchsten Sinne des Wortes.
Die Satire, die in ihnen vorwaltet, besteht nicht in Dogmen-
polemik, sondern äussere kirchliche und soziale Erschein-
ungen sind die sichtbaren Gegenstände derselben. Die Poesie
bleibt damit in jener dienenden Stellung, die sie während
der Reformationszeit nicht verlässt; sie ist ein Mittel der
Lehre und kümmert sich, indem sie die Sittenlosigkeit
zunächst des geistlichen Standes geisselt und zum Volke
spricht, nicht um Schönheit und Mass; sie wirft mit derber
Faust die Ablassbuden um, hält den höchsten Trägern der
Hierarchie einen Spiegel von erschreckender Wahrheit vor,
lüftet die Mönchskutten und räuchert die ganze verpestete
Atmosphäre gründlich durch. Manuel ist ein Volksdichter;

indem er seine Gestalten aus dem Leben und unmittelbar aus seiner Zeit herausgreift, Ereignisse behandelt, die damals alle Welt aufregten, und sich mit Vorliebe an das Sprichwörtliche anlehnt, wird er in seiner Einfalt und Treuherzigkeit, in seiner rauhen schlichten Bernerkraft überall verstanden. Er ist ein Virtuos der Sittenschilderung; aber nicht um den blossen Spott ist es ihm zu tun, es verlangt ihn herzlich nach besseren Zuständen.

Und wenn ein tüchtiger Inhalt, ungewöhnliche Gedankenfülle und Bilderreichtum, derbe Urwüchsigkeit und unerbittliche Wahrheit zum Wesen der Poesie gehören — wenn sittliches Pathos, flotter Vortrag, packender Witz, Unerschrockenheit und kernhafte Biederkeit den Dichter ausmachen, so ist Nikolaus Manuel unter seinen Zeitgenossen der besten einer gewesen.» — Ausser dieser reichen literarischen Tätigkeit war er noch durch die Übernahme der Landvogtei in Erlach, durch seine eifrige Teilnahme an dem Zwinglischen Kreise in Bern, durch seinen Sitz im grossen Rat und seit 1528 im kleinen, durch dreissig Gesandtschaften in den zwei letzten Lebensjahren fast ganz seiner Kunst entrissen.

In Erlach wird er wohl zuerst mit Holbein eine künstlerische Verbindung eingegangen haben. Aus dem Jahre 1524 haben wir eine Federzeichnung erhalten, die das Titelbild zu Manuels Dichtung von des Papstes und Christi Gegensatz bildete. Von links her kommt der Papst prächtig einhergezogen. Seine Sänfte wird von vier Männern getragen, hinten und vorn von Kriegern bewacht. In der Mitte des Blattes stösst der Zug auf den Christi. Der Heiland reitet auf einem Esel von rechts her, umgeben von der Schar seiner Jünger. Von dem Palmenbaum, der dicht vor dem Heiland steht, haben zwei Männer Blätter herabgerissen, um sie huldigend Jesu zu Füssen zu legen.

Die Zeichnung, die jetzt in Erlangen (M. 1 E. 7) aufbewahrt wird, ist in einfacher Querschraffirung ausgeführt.
In den Typen der Heiligen ist eine Anlehnung an die in
dem berühmten Marienleben von Dürer erkennbar. Es
ist das auffallend, lässt sich aber unschwer daraus erklären,
dass Manuel in einem Heiligenbild schon einmal diese berühmte Holzschnittfolge benützt hatte — er besass sie also
wahrscheinlich. Und da ihm Heiligenbilder immerhin ferner
lagen, so wird, vielleicht durch ein erneutes Betrachten
der Schnitte angeregt, eine Reminiscenz an den grössten
deutschen Heiligenmaler nichts Befremdendes mehr haben.

Eben in demselben Jahre dürfte dem Thema nach eine
Zeichnung, von der Grüneisen[1] spricht und die sich später
in seinem Besitz befand, entstanden sein. Es ist eine Auferstehung Christi, mit Feder und Tusch vollendet. «... im
Kostüme und mit Beziehung auf die Geschichte der Zeit.
Während Christus nach der gewöhnlichen Vorstellung aus
einem senkrecht in die Erde gemachten Grab mit aus-
gebreiteten Armen emporfliegt, entsetzen sich die Wächter
des Grabes, als da sind: Papst, Priester, Mönche und
Nonnen. In kecken Zügen ist besonders der Vordergrund
wahr und lebensvoll hingeworfen. Der Eine streckt sich
wie zerschmettert auf den Boden, ein Anderer richtet sich
auf, um noch einmal zu sehen, ob die schreckliche Wahrheit keine Täuschung sei; daneben suchen ein Mönch und
eine Nonne sich aus ihrer wollüstigen Umarmung einander
zu entwinden, die übrigen fliehen entsetzt von dannen.»
Denselben satirischen Geist atmet eine Visirung zu einem
Glasgemälde, das sich früher in Zollikofen an einem Fenster
Peter Steiners befand und das Grüneisen folgendermassen
beschreibt: «Das Wappen Manuels, dessen Schildhalter, zwei

---

[1] a. a. O. p. 185.

Priester in Wolfshäuten und Ohren, mit ihren Krallen den Rosenkranz halten, mit der Umschrift der Worte Christi: Inwendig sind sie reissende Wölfe.» Auch ein Titelblatt, das derselbe Biograph mitteilt, scheint diesem Jahre seine Entstehung zu verdanken. Es zeigt die babylonische Hure auf einem Drachen.

Von unserem Standpunkt aus müssen wir ausserordentlich bedauern, dass Manuel so sehr durch seine Dichtungen in Anspruch genommen wurde — welch köstliche, lebensvolle Bilder hätte er schaffen können, er, dessen ganzes Sinnen und Trachten gegen die geistigen resp. «geistlichen» Schäden seiner Tage gerichtet war. Wir können nur ahnen, welche Geissel sein Stift geworden wäre! Jedes Jahr bietet uns wenigstens eine kleine Probe. So eine Titelvignette zu seinem «Richardus Hinderlist» von 1525.[1] Ein Mann der «Hinderlist» wird rechts an einem Galgen hochgezogen; seine Füsse sind mit schweren Gewichten belastet, um die Exekution etwas eindringlicher zu machen. Vor ihm stehen links keifende Frauen und scheltende Männer, ihm sein Unrecht vorhaltend und zu den Schmerzen den Spott noch hinzufügend. Ein Bildchen, das ebenso einfach, wie sicher und frisch aus dem Leben herausgegriffen, mit der Feder hingeworfen ist.

Den zweiten Kernpunkt Manuelschen Schaffens, das Landsknechtleben, betont der Künstler auch in dieser Periode. In voller Vorderansicht[2] schwenkt ein Krieger in herausfordernder Weise eine mächtige Fahne; die Rechte liegt am Schwertgriffe. Waren früher die Soldatengestalten keck und «schneidig», so machen diese Pose. Was dem Künstler seit ein paar Jahren an Unmittelbarkeit der Anschauung

---

[1] Frl. Manuel auf Brunnadern.
[2] U₁⁷⁴ signirt 1525.

verloren gegangen war, wollte er durch forcirte Kraft-
entfaltung wieder einholen und wurde, wohl das einzige
Mal, unwahr. So wenig uns vom künstlerischen Standpunkt
aus dies Blatt befriedigen kann, so ist es dennoch von sehr
hohem Interesse für uns. Zuerst rein technisch. In dem
dünnen, feinen Strich der Feder, in der viel malerischer,
fliessender gewordenen Lavirung, in den tiefen sammet-
artigen Schatten, in der geschickten Benutzung des weissen
Grundes spricht sich ein unverkennbarer Einfluss Hans Holbeins aus. Nicht minder klar ist dieser in der architektonischen Umrahmung. Wir sehen einen Unterbau, auf dem
sich links und rechts Renaissance-Säulen erheben, die gewissermassen von Akanthusblättern eingehüllt sind, welche
sich erst dicht unterhalb des Kapitells vom Stamme lösen.
Dieser Gedanke der strengbaulichen Konstruktion ist von
Holbein übernommen, an den auch die Details erinnern.
Holbein hat wahrscheinlich diese architektonische Einfassung
von Augsburg mitgebracht und zwar von Burgkmair. Von
diesem hat er auch die Medaillons in den Zwickeln und damit
gewiss zugleich den ganzen Rahmen, den Burgkmair wohl
dem italienischen Kunstgewerbe nachgeahmt hat. Wenigstens
finden sich hölzerne Rahmen in Italien um diese Zeit, die
ganz dieselbe Form zeigen, wie Burgkmairs Blätter der
sieben Kardinal-Tugenden und sieben Tod-Sünden. Holbein verwertete diese Idee nun in Glasvisirungen und Manuel
übernahm von ihm diesen Fortschritt. Wenigstens die
früheren Glasgemälde kennen diesen strengen Zusammen-
bau nicht. Die Figuren standen entweder auf der Erde,
oder auf einem mit Platten belegten Boden; kaum dass je
einmal ein Streifen als «Unterbau» untergelegt wurde.
Der Charakter einer Glasscheibe wird entschieden durch
die bauliche Struktur ein monumentalerer. Manuel fühlte
dies sofort und hat die Errungenschaft kaum je einmal

wieder aufgegeben. Diese ebenso wenig, wie eine zweite, aus derselben Quelle stammende Erweiterung des Gebietes der Visirungen. In Basel[1] wird eine braune Tuschzeichnung zu einer Glasmalerei aufbewahrt, nicht ganz vollendet, insofern die in derber Renaissance gehaltene Architektur nur auf der linken Seite ausgeführt ist. Auch ist die Anordnung die frühere, d. h. ohne Sockel. Überhaupt dürfte die Zeichnung etwas älter wie die vorhergehende sein. Ein junger bewaffneter Krieger steht zur Linken in Dreiviertelen face-Stellung mit Profilwendung nach rechts. In der linken Faust hält er eine Lanze; die Rechte hat er auf den Schildrand aufgelegt, wie auch die junge Frau, die ihm in der rechten Hand duftende Blumen reicht. Dieses Hinreichen von Gegenständen, Pokalen, Blumen u. s. w., diese innigere Verbindung der zwei «heraldischen» Schildhalter zu einer Gruppe, dieser letzte Schritt zur Vermenschlichung der heraldischen Gestalten ist ein Gedanke Holbeins. Und von diesem berühmten Zeitgenossen hat unser Künstler die schöne, sinnreiche Idee geborgt. Wir treffen künftighin nicht nur in den Originalzeichnungen Manuels diese Auffassung an, sondern auch in einzelnen Kopien des Kauw, die sicherlich nach Vorlagen unseres Meisters gezeichnet sind. Überhaupt bleibt die Glasmalerei in der Schweiz einstweilen bei diesem freien, aber einfachen Typus stehen, bis er, besonders durch Lindmairs Tätigkeit, sich in einzelne Scenen aufzulösen beginnt.

In die unmittelbare Nähe des glühenden Streites um den Glauben, in die erbitterten Kämpfe gegen die Irrlehren werden wir durch eine braune Tuschzeichnung von

---

[1] U₁⁷³. Eben dieser Zeit angehörig eine Frau mit Wappen U₁¹⁰⁸; Bern. Bibliothek Bd. I, 18. Ebenso eine sehr schöne Bister-Pinselzeichnung bei Herrn von Rodt in Bern. Metzgerwappen.

1527 [1] geführt. Eine Überschrift besagt, was der Meister ausdrücken wollte: « Josia der küng zu Jerusalem dett, das dem Herren wol gefiel, det ab die altär der abgötter, verbrannt sy, zerstört die Göttinen, veget vss alle warsager vnd zeichen dütter, bilder vnnd götzen mit für vnnd drug den Staub in den Bach Kidron, am andern buch der kunig am XXIII. cap.»

Auf einem hohen Sockel, an dem ein leeres Wappen, die Bezeichnung und die unverständliche Inschrift angebracht ist «pasöy relsög resag», stehen eine Reihe Personen. Zur Linken, nach rechts gewandt, zwei Männer mit hohen, spitzen Mützen. Vor ihnen ein König mit Scepter und Krone. Er horcht auf die Worte eines langbärtigen, barhäuptigen Mannes, der, etwas zurückgetreten, auf ihn einredet. Zugleich blickt er aber auch auf das Tun eines Handwerkers, der mit einem mächtigen Hammer eine Tafel zerschlägt, welche die Inschrift trägt: «Balsaltar». Auf dem Boden liegen einige zertrümmerte Säulen; andere Monumente, wie Statuen, erwarten dasselbe Schicksal, das ein rechts im Hintergrund brennendes Feuer vollenden soll. Bauchige, derbe Säulen umrahmen die Scene.

Der Zielpunkt, der getroffen werden soll, ist trotz der verdeckten Adresse völlig klar. Die Anlehnung an Holbein ist hier enger wie je zuvor. Selbst die Gesichtsbildung des Königs, die Haarbehandlung, die untersetzten Proportionen lassen denken, dass Manuel vielleicht die Rathausbilder Holbeins oder Entwürfe zu denselben gesehen hatte.

Ein anderes rein religiöses, leider verstümmeltes Werk ist wohl ebenfalls in dies Jahr einzuordnen. Es ist, oder besser, es war eine Auferstehung Christi. [2] Von dem

---

[1] $U_1^{77 b}$.
[2] U_{10}^1.

Heiland sind nur noch die Füsse sichtbar. Vor dem quer
durch die Breite des Blattes gestellten Sarkophag sitzen links
und rechts je ein Kriegsknecht. Sie haben die Waffen lässig
in den Arm gelehnt oder über das Knie gelegt und schlafen.
Auf dem Gürtel des jungen unbärtigen Kriegers steht
«Nieman ka —», also die zum Überfluss die Autorschaft
beglaubigende Devise Manuels. Von der Architektur ist
an den beiden Seiten nur noch je ein Säulensockel wahrzunehmen.

In technischer Hinsicht fällt die sehr leichte und ge-
schickte Lavirung auf, die wir, allerdings nicht ganz so
schön, in einem grossen Blatt auf dem Museum zu Bern
wieder antreffen. Diese Federzeichnung ist nicht monogrammirt, aber in der ganzen Anlage der drei Landsknechte
und einer Frau verrät sich der Urheber sehr deutlich.

Manuel war auf das eifrigste bemüht, sich in der Handhabung des Tuschpinsels auf eine immer höhere Stufe zu
schwingen, und erlangte dann auch sehr bald eine grössere
Bravour in der Malerei. Flott und breit, aber auch sehr
weich hat er in einer Federzeichnung von 1528 die weissen
Lichter aufgesetzt. Irgendwo hatte der Meister wohl in
jüngster Zeit bei den beginnenden kriegerischen Unruhen
ein Weib gesehen, das, als Landsknechtin gekleidet, eine
Fahne trug. Sie schreitet[1] nach links in weitausholendem
Schritte und trägt in der ausgestreckten Rechten eine mächtige, im Winde heftig flatternde Fahne. Mit der Linken
schlägt sie das Fahnentuch zurück, wodurch sie gezwungen
ist, den Oberkörper umzudrehen; trotzdem bleibt das Gesicht in der Seitenansicht. Also eine Stellung, die Manuel
gewiss nur gesucht hat, um eine Gelegenheit zu haben,
seine Zeichenkunst zeigen zu können. Eine Aufgabe, die er

---

[1] $U_1{}^{72}$.

auch recht brav gelöst hat. Einen Dolch und ein Schwert
hat die Frau über die Kleider gegürtet, die der starke Wind
bis über die Knie emporgeweht hat. Noch übertroffen
wird dies Blatt in der flüssigen Pinselführung in dem
folgenden. Auf einer Kugel[1] sehen wir nach rechts ein
Weib im Profil stehen. Das rechte Bein hat sie erhoben
und gebogen. Mit beiden Händen presst sie eine bauchige
Phiole; das Haupt bedeckt ein Federhut, den Körper ein
dünnes Gewand. Über den Sinn der Darstellung bin ich
mir nicht recht klar geworden — vielleicht eine Allegorie
des Unglücks, das sein Gift über die Lande ausspritzt?

Manuels Ringen und Arbeiten, seinem grossen Vorbilde
nahe zu kommen, war wenigstens nicht vergeblich gewesen;
denn er kommt ihm in einzelnen Blättern zum Verwechseln
nahe; wie dies denn auch faktisch geschehen ist.

Der erste dieser zwei Entwürfe, die besonders in Betracht kommen, ist aus dem Jahre 1529[2] signirt und mit
Monogramm versehen. Es ist eine Glasgemälde-Visirung.
Auf einem sockelartigen Unterbau stehen links und rechts
vom Wappen mit gekreuzten Fischen die Schildhalter. Zur
Linken ein junger Soldat, der das Haupt ein wenig vor
geneigt und die Hand ans Schwert gelegt hat. Seine Part-
nerin schaut um so unbekümmerter in die Welt hinaus;
ein echtes Lagermädchen. Keck hat sie mit der Rechten
den Schildrand gefasst, über den linken Arm lässig die
Schürze geworfen. Die flankirenden Säulen sind in etwas
derbem Renaissance-Geschmack gehalten und werden durch
einen Halbbogen verbunden, der aus halb vegetabilischen,
halb menschlichen Gestalten zusammengesetzt ist.

In der Tat, unmittelbarer ist uns der Holbeinische

---

[1] U_9^{45}.
[2] U_1^{78}.

Charakter noch nicht entgegengetreten. Würde die Zeichnung nicht ein wenig zu grob, die Verhältnisse der Figuren etwas geschickter sein — ein erstes Raten auf Holbein selbst wäre sehr verzeihlich. Um so mehr, da in Basel[1] eine Tuschzeichnung Manuels unter Holbeins Namen hängt. Diese hat so viel Ähnlichkeiten mit der eben besprochenen, dass sie auf Grund derselben Manuel vindicirt werden muss.

Auf einem Podium steht links in etwas lässiger Haltung en face mit Profildrehung nach rechts ein jugendlicher Landsknecht, der die linke Hand, wie zur Unterstützung seiner Worte, erhoben hat. Ihm gegenüber befindet sich eine junge Frau, die wie antwortend die Rechte bewegt. Auf den massiven Säulen ruht ein runder Bogen, auf dem ein heisser Nahkampf von Landsknechten wogt. — Für Holbein spricht zunächst die geistige Verbindung der beiden Wappenhalter, die Form der Säulen, die Zeichnung der Krieger auf dem Bogen, die in jener Holbein eigenen Umrissmanier gegeben ist, in die nur hie und da kleine Striche oder Punkte eingesetzt sind, um den Gestalten die notwendige Fülle zu geben.

Alle diese Punkte sprechen aber nur zu einem Teil gegen Manuel, da wir ja wissen, dass er sich bemühte, in den Fussstapfen seines Vorgängers zu gehen. Für ihn spricht aber sehr entschieden die Bildung der Figuren, namentlich ein leichtes Einziehen des Halses, wie dies schon die Visirung von 1529 uns vor Augen führte; ferner die gröberen Umrisslinien und die denn doch bei aller Güte noch nicht Holbeinsche Tuschirung. Endlich sei noch erwähnt, dass die Frau ein uns schon sehr häufig bei Manuel entgegengetretenes Profil hat, das wir weiter oben detaillirt haben.

---

[1] Handzeichnungensaal 53 (alte Nummer 74).

Nicht so fein und flott ist eine Tuschfederzeichnung, die wohl mit dem Monogramm, aber nicht mit einer Jahreszahl versehen ist. Dennoch habe ich mich nach einigem Schwanken für die Jahre 1527 oder 1528 entschlossen und das Blatt in die Nähe der beiden oben angeführten Zeichnungen gesetzt. Der Entwurf ist sehr lang und wenig hoch.[1] Er setzt sich aus vier Kriegern zusammen, die sich auf und vor zwei sich hintereinander erhebenden Stufen gruppiren. Auf dem obersten Treppenabsatz rechts sitzt lässig ein bärtiger, reich gerüsteter Krieger. Zu ihm schaut ein Genosse auf, der ganz im Vordergrund auf den Knieen liegt. Er dreht uns den Rücken zu und stützt mit der Linken seinen etwas aufgerichteten Oberkörper, während er mit der Rechten an das Schwert greift und scheinbar den rechts Sitzenden als seinen Gegner fixirt, wozu dessen bequeme Haltung allerdings nicht passen will. Mit dem Rücken gegen die Stufen hat sich links ein jüngerer Kriegsknecht auf das rechte Knie niedergelassen. Sein bärtiges, durch einen Helm geschütztes Haupt hat er leicht nach links gegen irgend einen unsichtbaren Feind erhoben. Mit beiden Händen hat er seine Hellebarde ergriffen, mit der er zum Schlage ausholt. Unbekümmert um diese Vorgänge ruht, ermüdet oder verwundet, der Vierte auf der ersten Treppenstufe sich aus. Er hat das linke Bein hinaufgezogen und stemmt es gegen die Kante. Der Kopf ruht in der rechten aufgestützten Hand, während die Linke eine Lanze hält.

Wie leicht ersichtlich, hat der Künstler Scenen, die in keinem Kontakt zu einander stehen, auf einem Blatt skizzenartig hingeworfen. Eine Studie, die allerdings sehr ausgeführt und vorzüglich vollendet ist. Die innere Wärme, welche die Zeichnung belebt, die grosse Naturwahrheit

---

[1] U₁⁷⁰.

lässt fast vermuten, dass Manuel durch eine Gelegenheit, wie die Ereignisse des Kappeler Krieges sie ihm 1529 wohl bieten konnten, zu dem Entwurf angeregt wurde. Auf zwei Buntstiftblättern hat der Künstler noch einmal die Verherrlichung des Landsknechtes niedergeschrieben. Beide Blätter befinden sich in der Sammlung des Basler Kunstvereins. Beide sind mit Monogramm versehen und eines 1529 datirt. Sie sind von demselben frischen Leben erfüllt, wie das eben besprochene, von derselben Kühnheit und Sicherheit im Striche, wogegen die Wappenhalter vom Jahre 1530 sehr viel flauer sind. Allerdings sind diese zwei Krieger nur flüchtig entworfen, während die konstruktiven Details, die Kassettendecke und Säulen besser sind. Diese Zeichnung befand oder befindet sich in der Buerkischen Sammlung. Sie ist mir nicht im Original bekannt und ich kann nicht leugnen, dass sie mir im Lichtdruck verdächtig vorkommt.

Das letzte Glasgemälde, das wir, von Manuels Hand entworfen, besitzen, ist die berühmte Scheibe mit dem alten und jungen Eidgenossen. Vor einer schwerfälligen Renaissance-Architektur steht ein alter und ein junger Eidgenosse, die sich unterreden. Der Inhalt des Gespräches ist in Versen auf beiden Seiten angegeben, ebenso die Wappen der Nägeli und May. Im obern Drittteil des Bildes, oberhalb der Architektur, wütet eine Schlacht.

Leider ist mir auch in diesem Fall das Original nicht zu Gesicht gekommen, aber der Lichtdruck, nach dem Glasgemälde selbst gemacht, genügt vollkommen zur Beurteilung. Die obere Partie ist nach meiner Meinung unzweifelhaft von Nikolaus Manuel. Die in Hafners[1] Ausgabe

---

[1] Dr. A. Hafner: Meisterwerke schweizerischer Glasmalerei. Winterthur.

der Meisterwerke schweizerischer Glasmalerei ausgesprochene Ansicht, dass Holbein der Zeichner sei, ist denn doch gar zu hypothetisch. Holbein hätte danach 1517 in Luzern die Schlacht entworfen, wäre, vielleicht durch den Tod des Besitzers, verhindert worden, die Scheibe zu beendigen, hätte sie liegen lassen, Manuel hätte sie in Basel erworben,[1] wäre, bevor er sie nun seinerseits vollendet hätte, gestorben, und sein Sohn Hans Rudolf hätte das Werk endlich zu Ende geführt. Diese Annahme gründet sich darauf, dass die deutschen Landsknechte ein geschachtes Banner in den Farben rot, weiss und schwarz haben. Diese Fahne wurde «anno 1495 in dem Treffen von Poro novo zwischen dem französischen König Karl dem Achten und dem Herzog von Mailand und dessen Bundesgenossen von den Luzernern gewonnen.» Holbein hätte nun allerdings dieses Banner in Luzern sehen können, aber für Manuel existirt diese Möglichkeit in mindestens eben demselben Grade. Die beiden Handzeichnungen, die von dem neuen Besitzer, Herrn Engel-Gros in Basel, für die Holbein-Hypothese herangezogen werden, können nichts beweisen. Die eine derselben ist ein ganz steifes Machwerk und wird auch von Woltmann gar nicht erwähnt. Die Beziehung auf die andere Handzeichnung Nr. 113 kann kaum ernst genommen werden. Es ist jedenfalls einfacher, wenn wir Manuel als Urheber annehmen. Es finden sich in der Zeichenmanier keinerlei befremdende, für Manuel nicht passende Dinge; im Gegenteil ist es ganz die bekannte sichere, freie Auffassung. Zudem haben einzelne Gesichter, wie der Landsknecht mit der Hakennase und dem langen Schnurrbart, eine gewisse Ähnlichkeit mit einer phanta-

---

[1] Die Begründung für diese Behauptung habe ich nicht finden können.

stischen Gestalt in der Umrahmung des Lucretia-Bildes und einem der beiden Landsknechte im Kunstverein in Basel. Manuel ist wahrscheinlich über der Arbeit gestorben und sein Sohn hat sie nach seinen Ansichten weiter geführt. Es erscheint annehmbar, dass Hans Rudolf sowohl für die beiden Eidgenossen, wie auch für den Inhalt der Verse «Skizzen» seines Vaters besass. Es ist dies deshalb wahrscheinlich, weil Grüneisen a. a. O. 186 eine Zeichnung, die früher bei Wyss in Bern war und jetzt verschollen ist, erwähnt, die von einem ganz ähnlichen Gedanken getragen wurde. Ein Schweizer sitzt in Ketten, trotz der Kraft, die aus seiner Gestalt und seinen Zügen redet, und trotz der Waffen, mit welchen er angetan ist. Um ihn her stehen fremde Gesandte, französische, päpstliche u. s. w. mit Goldbeuteln.

Glücklicherweise ist uns auch ein Ölbild[1] aus diesen allerletzten Jahren des künstlerischen Schaffens erhalten geblieben. Und zwar, was noch wichtiger, ein Selbstporträt. In Dreiviertel-Vorderansicht schaut mit ermüdetem Blick der Meister uns an. Ein rotes Barett bedeckt das Haupt, ein mit Hermelin besetzter Mantel die Schultern. Der Ausdruck des abgemagerten, aber geistdurchleuchteten Antlitzes, das ein kleiner Bart umsäumt, ist das eines Kranken. Das einst so kühn blitzende Auge ist verschleiert und leicht eingesunken, die Nase ist spitzer und feiner, der Mund ernster geworden. Es ist nicht mehr der Manuel, der den Totentanz schuf, nicht mehr der lustige Landsknecht, es ist ein durch geistiges Schaffen veredelter, aber auch zerstörter Mann, dem nichts einen grösseren Rechtstitel auf die Dankbarkeit der Nachgeborenen geben konnte, als die im Dienste des Vaterlandes früh gealterten, zerfallenen Züge.

---

[1] Bernisches Museum.

Trotz der starken Verderbnis des Gemäldes ist die feine, in einem leicht gelblichen Ton mit graulichen Schatten gehaltene Zusammenstimmung sichtbar. Sorgsam, aber viel ungenirter wie in den Bildern von 1520, ist die technische Durchbildung. Das Porträt ist auch von diesem Gesichtspunkte aus ein sehr bedeutendes. Und es lehrt von neuem, welch hochbedeutende künstlerische Gaben in Manuel gelegt waren. Wären diese jemals in einer eigentlichen Schule durchgebildet worden, hätte er seine ganze ungeteilte Kraft seiner Muse zuwenden können, er würde ein gar gefährlicher Rivale für Holbein geworden sein, neben dem er auch so einen ehrenvollen Platz einnimmt. Unter den eingeborenen schweizerischen Künstlern behauptet Manuel im XVI. Jahrhundert den ersten Rang. Nicht nur, weil er in einzelnen Zweigen seiner Kunst, wie in der Landschafts- und Wappenmalerei, einen höchsten Punkt erreicht hat, sondern, und fast noch mehr deshalb, weil er, wie kein anderer, wahrhaft verbunden war mit dem Streben, mit den Idealen seiner Zeit, weil er, wie kein anderer, der Interpret der ganzen Kulturbewegung dieser Epoche war. Darum ist Manuel ein hochwichtiger Künstler für die Schweiz nicht nur, sondern auch für die weitere Kunstgeschichte. Für sein Vaterland aber noch insbesondere, weil er der erste eingeborene bedeutendere Sohn der Göttin der Kunst ist, welcher um die starren, kalten Eisspitzen den warmen, immergrünenden Lorbeer schlang.

ANHANG.

Hans Rudolf Manuel.

Manuels Sohn, Hans Rudolf, wurde zu Erlach im Jahre 1525 geboren. Er lernte bei Maximin in Basel, wie J. C. Füssli in seiner Geschichte der besten Künstler in der Schweiz, I, S. 8, berichtet. Er war ein sehr unterrichteter und auch begabter Mann, der aber seinem Vater in keiner Weise wirklich an die Seite zu stellen ist. Gleich ihm als Staatsmann tätig, kam er 1560 in den Rat und 1562 als Landvogt nach Mörsee, woselbst er den 23. April 1571 starb. Mit der bildenden Kunst beschäftigte er sich wie ein wenig geistvoller Dilettant. Seine älteste bisher bekannte Zeichnung ist ein Entwurf zu einem Glasgemälde für die Familie von Graffenried, die er 1539, also mit 14 Jahren, zeichnete. Die zweitälteste ist ebenfalls ein Entwurf für ein Glasbild. Einem jungen Krieger wird von einem Weibe ein Becher dargeboten. Signirt 1540 (in Basel). Alle Blätter, sowohl diese frühern wie die spätern, sind sehr sorgfältig und peinlich ausgeführt, auch frei von zu groben Verzeichnungen, aber alle ziemlich gleich steif und schematisch. Einzig verdient Erwähnung, dass Hans Rudolf mit zu den ersten gehört, die in die Landsknechtfiguren die bekannte bramarbasirende Haltung hineintragen.

Wegen dieses Mangels an jeder künstlerischen Vollendung und jeden Einflusses auf die Entwicklung der Kunst können wir auch füglich mit diesen wenigen Worten über Hans Rudolf hinweggehen. Nur seiner Tätigkeit für den Holzschnitt sei noch flüchtig Erwähnung getan. Er ist auf diesem Gebiet zuerst für uns nachweislich im Jahre 1547 mit zwei Einzelfiguren hervorgetreten und ist bis 1571 jedenfalls in diesem Zweige beschäftigt gewesen. Auch hier ist sein Können ein sehr geringes, zum Teil nur ein kompilatorisches (siehe Verzeichnis).

Verzeichnis.

Ölgemälde.
BASEL.

---

[1] bez. = monogrammirt. In der früheren Zeit zeichnet Manuel wie auf Taf. I und II; später wie auf Tl. III und IV.

Zeichnungen. [1]

BASEL.

---

[1] Die Zeichnungen, die sich im Verzeichnis von Vögelin finden und in dem meinigen nicht, halte ich für unecht.

Band U₁₀.

Handzeichnungensaal.

---

[1] In dem bald erscheinenden neuen Katalog hat Dr. Burckhardt in Übereinstimmung mit mir diese Zeichnung Manuel gegeben.

114

Kunstverein.

128. Landsknecht, bez. 1518. S. 37.
129. Versuchung des St. Antonius. Anm. S. 54.
130. Landsknecht, bez. 1529. S. 105.
131. Landsknecht, bez. 1529. S. 105.

Dr. Daniel Burckhardt.

132. Verspottung Christi, bez. Anm. S. 26.

BERLIN.

Kgl. Kunstgewerbe-Museum.

133. Zwei Landsknechte bewachen drei übereinander getürmte Wappen, getuscht und getönt, unbez. Circa 1520 (im Text nicht erwähnt, da ich das Blatt zu spät auffand).

Kgl. Kupferstichkabinet.

134. Eine törichte Jungfrau, bez. Anm. S. 26.
135. Ein junges Weib mit Kind, bez. S. 80.

BERN.

Kunstmuseum.

136. St. Vincentius. S. 48.
137. Drei Landsknechte und eine Frau. S. 101.

Städtische Bibliothek (Sammlung *Bürki-Wyss*, Bd. I).

138. (8) Ein Weib mit Pflug. Anm. S. 54.
139. (9) Zwei Löwen. S. 61.
140. (10) Wappen mit zwei Engeln. S. 48.
141. (18) Wappen von Grissach (?). Anm. S. 99.
142. (36) Landsknecht mit Wappen v. Mühlhausen, 1521. Anm. S. 54.

Fräulein Manuel.

143. Richardus Hinderlist, bez. 1525. S. 97.

Herr v. Rodt-v. Mülinen.

144. Fleischerwappen. Anm. S. 99.

Herr Bürki.[1]

145. Landsknecht mit Wappen, 1530. S. 105.

---

[1] Ob das Blatt auch s. Z. verkauft ist, weiss ich nicht.

BURGDORF.

146. St. Anna, 1511; bei Herrn Oberförster *Manuel.* S. 13.

DRESDEN.

Kgl. Kupferstichkabinet.

147. Junges Weib, bez. Anm. S. 62.
148. Landsknecht, bez. Anm. S. 54.

ERLANGEN.

Kgl. Bibliothek. (Bd. EI, 7.)

149. Vier Landsknechte, bez. Anm. S. 26.
150. Des Pabstes und Christi Gegensatz. 1524. S. 95.

FRANKFURT A./M.

Städelsches Institut.

151. Landsknecht mitt gezücktem Schwert.
(Dieses Blatt habe ich nicht gesehen; es scheint aber nach der freundlichen Beschreibung des Herrn Dr. Pallmann ca 1520 entstanden zu sein.)

Holzschnitte.

152—162. Zehn törichte Jungfrauen. S. 44.

Holzschnitte[1] von Hans Rudolf Manuel.

1. (P. III. 32. p. 439.) Ein bärtiger Eidgenosse nach links; die rechte Hand auf dem Rücken, in der Linken ein Glas. Oben an der linken Seite deutsche Verse; bez. 1547.

2. (P. III. 33. p. 439.) Ein junger Eidgenosse; Pendant zum obigen; bez. 1547.

3. Ein Eidgenosse mit Fahne und Lanze geht nach rechts; etwas zurück ein Träger und eine junge Marketenderin; bez. (Bd. K, 51, Basel.)

----

[1] Bei der untergeordneten Stellung des «Künstlers» habe ich auf eine Katalogisirung seiner Handzeichnungen verzichtet.

4. In der Mitte des Blattes steht ein bockbeiniger Esel, auf dem ein Mann sitzt, den eine Frau zaust mit den Worten: «du knopf kannst weder glumpf noch fug, styg ab, du hat itzt gritten gnug.» Andere streiten sich um reiten zu können. Dem «domine» wird der Esel zum Reiten angeboten; der Narr zieht am Schwanz: «hett ich den Esel nit beim Schwanz, So wurde diss spill nimmer gantz.» Wohl eine Allegorie darauf, dass die Menschen immer Schädliches und Widerstrebendes wünschen; bez. (Aufgefunden von Herrn Conservator Dr. D. Burckhardt in Basel; bisher unbeschrieben. Bd. K, Nr. 144, Basel.)

5. Schlacht von Sempach, bez. (in der Bibliothek von Basel).

6. (B. 25.) Historie des Tellschusses.

7. (B. 24.) In einer Landschaft stehen plaudernde Bauern.

8. (P. III. 30.) Georg Agricola de re metallica — 1556. Berkwerk Buch. Frankfurt a/M. 1580.

9. (P. III. 31.) Effigies imperatorum romanorum. Profilköpfe in einem Medaillon. Es gibt eine lateinische und eine (Pass. unbekannt) deutsche Ausgabe.

10. Sebast. Münsters Kosmographie, 1550, mit 24 Blättern in der lateinischen Ausgabe 1572; in der deutschen 1574, 30 Blätter.

Berichtigungen.

Seite 32: anstatt « Taschlen » — *Tafflen*.
- 47: anstatt « Juno » — *Minerva*.
- 52: ist Anmerk. 2 von S. 26 irrtümlich wiederholt worden.